面白すぎて誰かに話したくなる

紫式部日記

岡本梨奈

リベラル新書

はじめに

紫式部——古文が大嫌いな人や、古文に一ミリも興味がない人でも、一度はその名前を聞いたことがあるであろう超絶有名人ですよね。彼女は平安時代……そう、今から約千年も前に生きていた人なのです！　今や日本だけではなく、その名は世界にも知られていますが、帝の妻でもなければ、皇族でもまったくない、ただの一地方官の娘に過ぎません。そんな彼女が、なぜ、時や地域を超えてこんなに知られているのか。それは、『源氏物語』という、当時にしては他に類を見ないような、壮大なロングストーリーの作者だからです。四百字詰め原稿用紙で二千枚以上の字数はある『源氏物語』ですが、現代とは違い、紙が超高級品だった当時、裕福でもない中流以下の貴族の娘が、どのようにそれを完成することができたのでしょうか。

そして、こんなにも有名な彼女ですが、『源氏物語』以外の作品は二つしかなく（しかも短い）、彼女自身が日常生活においてどんなことを考えていたのかは、この二冊から読み解くしかありません。本書では、その二冊のうち、主に『紫式部日記』を土台として謎が多い彼女の素顔に迫ってみました。書かれている内容をもとに、少し膨らませたり、勝手な妄想も一部入れたりしていますが、本書を読み終えた後に、『源氏物語』の作者」以外の彼女の顔を知った上で、より生身の人間に近い彼女を感じてもらえたならば嬉しいな、と思い書き上げました。

なお、本書では「年」は元号（長徳《ちょうとく》・寛弘《かんこう》など）ではなく「西暦」で、「年齢」は「満年齢」（誕生日を迎えたら一歳増える）で、現代と同じイメージでつかみやすい表記としました。当時は「数え年」（誕生した時点で一歳、それ以降お正月に一歳増える。たとえば大晦日生まれなら、生後二日で二歳となる）で表記されるため、他の資料や本などとは一～二歳ほど数字がずれている場合がありますが、ご了承ください。

それでは、紫式部がどんな女性であったのか、さっそく見ていきましょう。

岡本　梨奈

面白すぎて誰かに話したくなる　紫式部日記／目次

2章 紫式部のスカウトマン・藤原道長について

3章 紫式部の出仕生活

4章 娘、賢子へのメッセージ? ～「女房」とは～

5章 敦成皇子誕生記録 ～土御門殿での生活～

終章　紫式部の出仕生活　〜敦成・敦良編〜　そして、その後

コラム

本書について

●本書では「年」は西暦表記としましたが、西暦と元号では一カ月ほどズレが生じるため、「月日」は『紫式部日記』に合わせて元号表記としています。
●古文中のルビは「現代仮名遣い」としました。
●古文作品からのエピソードや和歌の引用は字体を変えていますが、文章の大部分を作品からとっている所は、引用部分も通常の字体としており、強調したい部分のみ字体を変えています。
●系図（人物関係図）は現代では通常、夫婦は、男性が右側、女性が左側、兄弟姉妹は、男女関係なく年齢が上から順に右側から書かれている場合が多いのですが、本書ではなるべくそれに則りつつも、見やすさ重視しました。よって、兄弟姉妹の順などが逆転していることもあります。

序章

『紫式部日記』とは？

現代人がイメージする「日記」とは一味違う！

『紫式部日記』とは、紫式部が書いた日記です。紫式部は、平安時代（一〇〇〇年前後）の女性で、かの有名な『源氏物語』の作者です。紫式部が書いた作品は、『紫式部日記』と『源氏物語』、そして歌集である『紫式部集』の三つしか伝わっていないため、紫式部を知る上でも『紫式部日記』と『紫式部集』は、とても貴重な作品です。

……と、堅苦しく書いてしまいましたが、たとえば、何かのドラマや映画を見て大好きになった俳優さんが、番宣などのためにバラエティ番組に出ていて、役を演じているわけではない「その人そのもの」の姿が見られて嬉しく思ったり、その人が何気に日常を綴っているSNSとかが、ファンにとって「その人」を知る超貴重なツールであったりするのと同じような感じで、「あの大作『源氏物語』を書いた紫式部って、どんなことを考えていたの？」ということが知れる、価値のある作品なのです。

ただし、現代人が「●月●日」とその日にあったことを書いていくような日記とは様子が違っています。『紫式部日記』に書かれている内容を大きく四つに分けると、次のような構成になっています。

① 中宮《ちゅうぐう》（＝天皇の后）彰子《しょうし》の第一子敦成《あつひら》出産記録
② 消息体（＝手紙文体）
③ 年月不明の三つのエピソード
④ 寛弘七年（一〇一〇年）正月元日〜正月十五日までの記録

この四つのうち、①が全体の約六割を占めています。紫式部は、中宮彰子に仕えている女房（＝宮中や上流貴族に仕える女性）です。彰子の父親である藤原道長から、彰子の出産記録を命じられたのではないか、という説があります。彰子の出産、周囲の貴族や女房たちの様子や衣装、また、敦成親王の産養《うぶやしない》〔＝お誕生祝い。誕生から三、五、七、九日目の夜に開かれる。身内や知人が主催者となり、関係者一同が集まる祝宴〕や、宮中での行事などを細かく記録しています。

②の消息体の部分は、①の記録とは違って、誰かに宛てた手紙のような文体で書かれています。女房たちの容姿や性格などを述べ、「女房とはどうあるべきか」のような女房論、そして、和泉式部《いずみしきぶ》・赤染衛門《あかぞめえもん》・清少納言《せいしょうなごん》という有名な女房に対する批評、さらに、自分の性格なども顧みて書いています。ちなみに、清少納言に対する批評はボロクソに書かれていることで有名です。

③の部分では、年月不明な三つのエピソードが突如ポンっと現れます。①に入りそうな内容でもあるため「現存の『紫式部日記』の冒頭部分に欠落があるのではないか」という意見や、「②と③の間に本来は何かあったのではないか」、「②は別物だったのに、間違って紛れ込んでしまったのではないか」など、様々な議論がされていますが、今も結局わからないままなのです。

④では、寛弘七年正月元日〜十五日の出来事が書かれています。この時には、中宮彰子の第二子敦良《あつなが》が生まれており、敦成・敦良二人の宮たちの儀式の様子や、敦良の五十日《いか》のお祝い（＝生まれて五十日目に行うお祝い）の様子が、①の記録体と同様に細かく書かれてはいますが、元日、二日、十五日のことしか書いておらず、全体の一割以下の分量です（敦良かわいそうに……。これが第一子と第二子の差か⁉）。

以上が『紫式部日記』の大枠です。大枠はつかめたと思いますが、ふつふつと新たな疑問が湧いている人もいるかと思われます。

——ナゼ、記録係として紫式部に藤原道長の白羽の矢が立ったの？

——ナゼ、清少納言のことをそんなにもボロクソに酷評しているの？

　どんな風に酷評しているのかも気になる！

——②の消息体の部分は、一体誰に宛てて書かれたものなの？

——というか、そもそも紫式部って何者⁉

さっそく本書で、紫式部のことや、周囲の人間関係などを見ていきましょう！

コラム

中宮とは

中宮とは、13ページでお伝えしたように「天皇の后」なのですが、天皇の后は中宮だけではありません。当時は一夫多妻の時代ですから、天皇にも当然たくさんの后がいました。天皇の后として、上位から「中宮→女御《にょうご》→更衣《こうい》……」と続きます。「中宮」はトップの后で、通常一人しかいません。女御は複数人いて、女御の中から中宮が選ばれます。更衣はさらにたくさんの人数がいます。

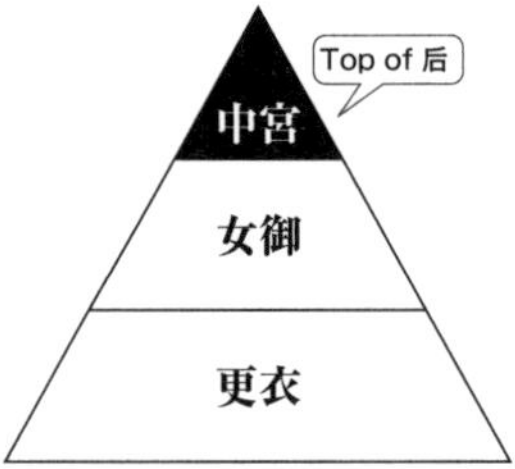

このように、通常は中宮が一人だけなのですが、本書の主人公、紫式部がお仕えしていた彰子の夫である一条天皇には、なんと二人の中宮がいました。ナゼそんなことがまかり通ったのか、それはまた2章でのお楽しみに。

1章

紫式部の生涯

～出仕生活前まで～

中流以下の貴族の娘ですけど何か？

紫式部は『源氏物語』の作者としてとても有名ですが、父である藤原為時《ためとき》は中流以下の貴族で受領《ずりょう》（＝地方長官。任地に赴任する国守）階級でした。為時は和歌や、特に漢学・漢詩の才能に秀でていて、為時の兄の為頼《ためより》・為長《ためなが》も歌人として知られており、三人とも勅撰和歌集（＝天皇・上皇の命令で作られた和歌集）に入集しています。「これはきっと和歌が得意な家系だな」と思った人、大正解！　この三兄弟の父方の祖父（紫式部にとっては曽祖父）の藤原兼輔《かねすけ》は、三十六歌仙という平安時代の和歌の名人の一人なのです。しかも、この兼輔、中納言まで昇りつめた人物で、上達部《かんだちめ》（＝三位以上の高位高官の上流貴族。公卿《くぎょう》）だったのです。兼輔の妻の父親は藤原定方《さだかた》という右大臣にもなった人物です。この定方は兼輔の義父でもあり、いとこでもあります。

紫式部系図

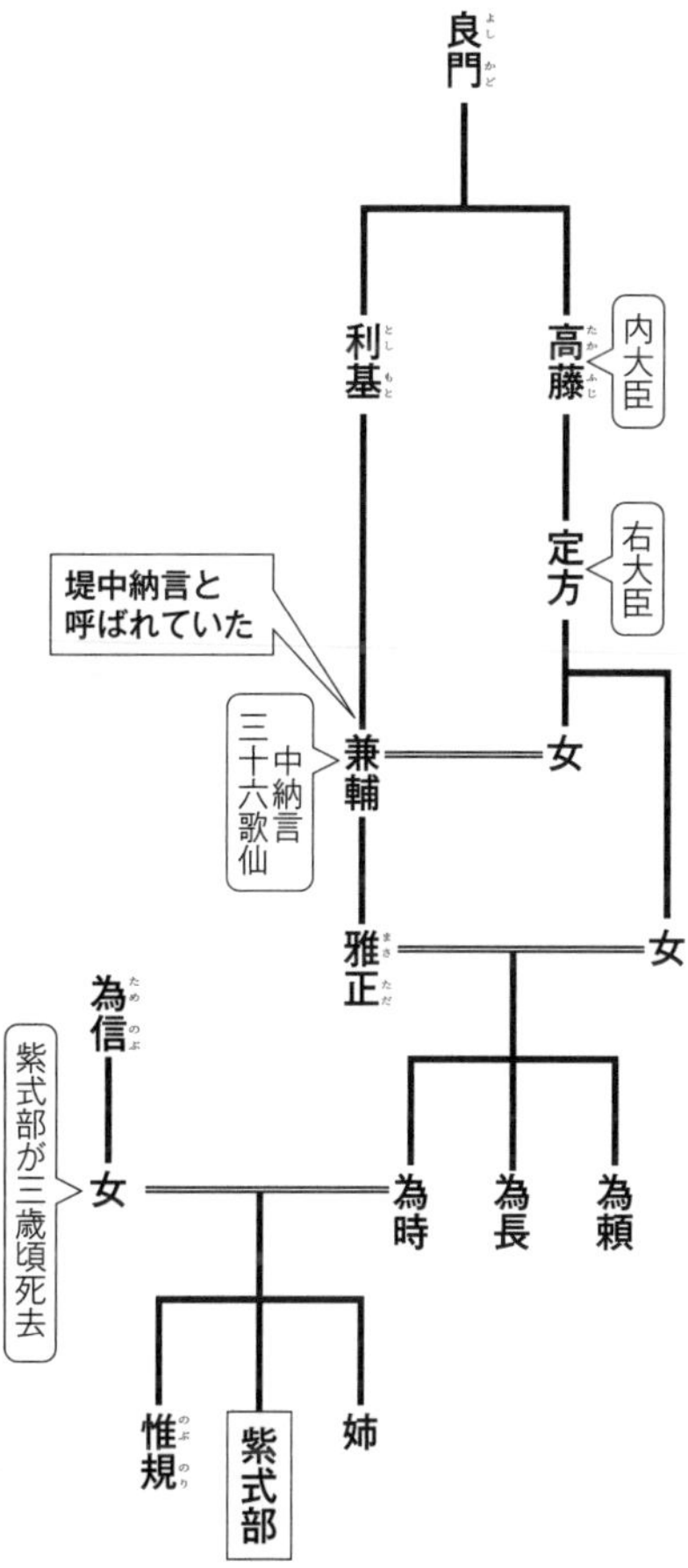
良門《よしかど》
利基《としもと》
高藤《たかふじ》
内大臣
定方
右大臣
堤中納言と呼ばれていた
中納言
三十六歌仙
兼輔
女
雅正《まさただ》
女
為信《ためのぶ》
紫式部が三歳頃死去
女
為時
為長
為頼
惟規《のぶのり》
紫式部
姉

曽祖父の兼輔は、現在の京都御所の東側にある賀茂川の堤《つつみ》（＝土手）と、当時にはあった中川《なかがわ》という川に挟まれたあたりに邸宅を造って住んでいたので、「堤中納言」と呼ばれていました。そして、紫式部は、この曽祖父が造った家に住んでおり、伯父の為頼一家も同じ邸宅の別の建物に分かれて暮らしていたようです。紫式部の母親は、紫式部がまだ幼い三歳頃に亡くなっており、為時が子供たちを育てていました。紫式部が生まれるずっと前、兼輔が健在の頃は美しい邸宅だったようですが、兼輔が亡くなり、兼輔の息子（為時の父）である雅正《まさただ》からは受領階級で落ちぶれていたため、紫式部が住んでいる頃には人の訪れもあまりなく、庭も雑草が生い茂っていたことでしょう。古文に「浅茅《あさぢ》が宿」（＝茅萱《ちがや》などの雑草が生えていて、荒れ果てた家。人の訪れがない没落した家を指して使うことが多い）という表現が出てくるのですが、それに近いような家だったかもしれません。ですが、その落ちぶれた雅正も、歌人としては知られており、勅撰集にも入集しています。上達部の位は引き継げなかったようですが、和歌の才能は脈々と受け継がれてきたのです。紫式部も例外ではなく、兼輔の影響をかなり受けています。『源氏物語』の中で、兼輔が詠んだ「人の親の心は闇にあらねども子を思ふ道にまどひぬるかな（訳 親の心は闇ではないが、子どものことを考えるといろいろ迷ってしまうなあ）」という和歌を二十六回も引用しています。

さて、当時、上流貴族が権力を握る方法は、娘を天皇に嫁がせて男皇子を生ませ、その皇子が次期天皇となれば、外祖父《がいそふ》（＝母方の祖父）として実権を握る外戚《がいせき》政治がメインでした。こうして、天皇家と深い関係を結べた貴族が栄えていく時代でしたが、為時のような中流以下の貴族がどうにかこうにか出世するためには、漢学で才能を発揮するしかなく、為時は大学寮（＝式部省管轄の官僚養成機関）で十年以上一生懸命学び、菅原道真《すがわらのみちざね》の孫である菅原文時《ふみとき》に師事しました。そして、九七七年、後の花山《かざん》天皇が東宮《とうぐう》（＝皇太子）の時に、初めて学習する儀式「御読書始《ふみはじめ》」において副侍読《じどく》（＝天皇・東宮に学問を教える学者のサブ）を務めたのです。外戚ではありませんが、次期天皇と関係が持てた瞬間です！　そして、これが縁となり、九八四年に花山天皇が十五歳で即位すると、為時は式部《しきぶ》の丞《じょう》（＝式部省の三等官）・六位の蔵人《くろうど》（＝天皇の秘書・お世話係）に任命されました。頑張ってきたことがようやく実を結びだした為時。紫式部は父為時から、宮中の様子を興味津々にいろいろと聞き出していたことでしょう。

　ですが、このような日々もたった二年間で終わりを迎えます。九八六年に花山天皇が突然出家（＝俗世のものをすべて断ち切り、仏門に入ること）をしたからです。表向きの理由は、懐妊中であった妻忯子《しし》が亡くなり、その悲しみから立ち直れず、供養をするためというものでしたが、実際は、藤原兼家《かねいえ》という人物が、娘詮子《せんし》の生んだ東宮懐仁《やすひと》（＝後の一条天皇）を即位させるために企んだ陰謀でした。その後は兼家の思惑通り、兼家一族が政治の実権を握っていき、一方、為時は花山天皇の退位とともに官職を退き、出世の道は断たれたのです。

紫式部 心の声

たしかに私は中流以下の貴族の娘よ。でも、ひいおじい様は中納言で、有名な歌人の紀貫之《きのつらゆき》様や、義父の右大臣定方様を招待できるような立派な寝殿《しんでん》造《づくり》（＝平安時代の上流貴族が居住する建物の様式）の家に住んでいたの。おじい様の代からは受領階級で、私が生まれた頃には華やかさなんてまったくなくなっていたけれど……。

でも、中流以下なりに「学力で勝負しよう」と、大学寮で一生懸命に学問に励んでいたお父様のこと、私は素敵だと思っているの。そのおかげで、本当にたくさんの本が家にあったわ。漢籍（＝漢文の書籍）や物語、和歌集とかいっぱい！　幼い頃からこれらに触れて日々を過ごせたことが、私の将来につながっているのよ。

しかも、お父様は花山天皇が皇太子だった頃に、学問を教える役として大抜擢されたんだから！　通常だと知ることができない宮中の様子を、お父様から教えてもらうことができた私。本当にラッキーだったわ！

弟に　わけてあげたい　この才能　～お父様、嘆かないで～

紫式部には、同母の姉と弟がいました。姉の名前は伝わっていませんが、弟は藤原惟規《のぶのり》で、兄という説もあります（本書では弟説をとります）。先述のように、紫式部の母は、紫式部が三歳頃に亡くなりましたので、紫式部と惟規は二歳差くらいでしょうか。紫式部と姉、弟の三人とも生年不詳のため正確にはわかりませんが、惟規が弟であれば、紫式部と弟の年は近かったはずです。ちなみに、紫式部が生まれたのは九七〇年、九七三年、九七八年説などがあります（本書は九七三年説をとります）。

紫式部の父為時は、長男惟規の将来のために、惟規が幼い頃から学問（漢学）を教えていました。為時は「この子も自分と同じように、漢学を武器に世を渡っていくしかない」との思いから、おそらく必死だったはずです。ですが、残念ながら惟規はあまり学問が好きではなく、理解が遅く、覚えることも苦手だったようです。いや、好きではないというか、小学一年生くらいの子に漢字のみで書かれている書物を読ませたり、難しい漢文を暗誦するように言ったりするほうが酷ですよね。でも、将来その子が生活に困らないように生きていくためにはそれしかない、と父親も必死なのです。さらに、惟規の覚えの悪さを際立たせてしまったのが、紫式部の存在でした。弟が父親に教えられている時、横で見ていただけの紫式部が、ずば抜けて頭が良かったのです。様子を見たり、聞いたりしているだけなのに、紫式部のほうが理解が速く、暗誦もお手の物でした。左記は、『紫式部日記』に書かれている有名なエピソードです。

弟が子供の頃、漢文の書籍を読んでいた時、私はいつもそれを聞いていて、弟が読むのに時間がかかったり、忘れてしまったりしているところも、不思議なくらい理解したので、漢学に力を入れていた父は「残念だ。お前が男の子ではないことが、私の不運だなあ」と、いつも嘆いていました。

どうして女の子じゃダメなのか、そもそも、どうして惟規にしか学問を教えないのか、「こんなの男女差別じゃないのか！」と現代では叫ばれてしまいそうですが、当時はこれが普通なのです。学問（漢学）は男性がするもので、男性だからこそ官吏登用のために必要なのであって、女性にはまったく必要のないものでした。宮中で働く女房であれば例外で、貴族男性と知的なやり取りをするためには漢学の知識もあるほうがよく、後々紫式部もそれで役立つわけですが……。ただ、貴族女性は、父や同母兄弟、夫以外の男性に、顔を直接見られてしまうことはタブーとされていました。女房になれば、ご主人様の元に訪れてくる様々な貴族男性の取り次ぎもすることになり、顔を見られてしまう確率が高いため、貴族女性にとって率先的にやりたいものではなく、紫式部も「将来女房になりたい！」などとは、これっぽっちも思ってはいなかったでしょう。また、為時も「紫式部を将来女房にしよう」なんて考えてもいなかったはずです。だから、まだ幼い女の子である紫式部がスラスラ漢文を読めたとしても、将来有望でもなく、何の役にも立たないのです。肝心な男の子である惟規よりも、横でスラスラ理解して暗誦してしまう紫式部を見て、父が「この子が男の子だったらなぁ……」と嘆いたのも当然なのです。

続いて、姉に関してですが、ほとんど何もわかっていません。ただ、この姉が早くに亡くなった母親代わりとなり、紫式部や弟のお世話を主にしていたようです。ですが、姉もまた若くして（二十歳過ぎか？）、病気で亡くなってしまいました。

紫式部自身が編集したとみられている自伝的歌集『紫式部集』には、左記のように妹を亡くした人と親しく文通していたらしいことが書かれています。ですが、その人ともそれぞれの引越しにより、別れることになりました。

姉が亡くなり、また、妹が亡くなった人がお互いに会って、「亡くなった姉や妹の代わりにお互いに思おう」と言った。手紙の上書き《うわが》き（＝表書き）には「姉君へ」と書き、「中の君（＝妹）へ」と書いて文通したが、それぞれ遠い所へ行き別れること

になり、遠く離れて別れを惜しんで（詠んだ歌）、

北へ行く　雁《かり》のつばさに　ことづてよ　雲の上《うわ》がき　書き絶えずして

（㊞北国へ飛んでいく雁の翼に託してください。雲の上を羽ばたきしながら雁が飛ぶように、手紙の表書きを書き絶やさないでください）

雁は春になると北国へ行きますが、紫式部も北国の越前《えちぜん》（現・福井県）に行くことになったのです（詳細は30ページで）。姉妹を亡くした者同士で、お互いに亡き姉妹のように思い合おうと、寂しさを少しでも紛らわしていたのでしょう。亡くなった人の代わりになんてならないし、なれないのはわかりきっていても、それでも、身近な姉妹を亡くした悲しみを、お互いに癒やしていたのだと思われます。

コラム

『源氏物語』のとある一家に、自分の境遇を重ね合わせた？

『源氏物語』54帖中、「宇治十帖」と言われる最後の十帖の中に「八の宮」という光源氏の異母弟がおり、八の宮は宇治十帖のヒロイン浮舟《うきふね》の父親です（浮舟は正妻との子ではなく、正妻の死後、女房である正妻の姪との間にできた子で、八の宮は認知もしていません）。今は浮舟のことはさておき、正妻との間には大君《おおいぎみ》・中の君という姉妹がいました。ですが、正妻は中の君の出産後に亡くなり、八の宮が姉妹を育てます。邸宅が火事になって宇治に隠棲し、父の庇護のもと、姉妹は細々と支え合って生きていました。ですが、父も病死し、姉の大君も心労が重なり、26歳の若さで病死してしまうのです。

子供がまだ幼い頃に母親が亡くなり、父親が姉妹を育て、姉までもが若くして亡くなる——紫式部の境遇と、とても似ていますね。紫式部の父為時は、姉の死の時も生きていますし、紫式部には弟もいますので、まったく同じではありませんが、自分の境遇に近いものを、そこに重ねていたのかもしれませんね。

父とともに越前へ

九八六年、花山天皇の出家に伴い、官職を辞任した為時でしたが、それから十年後の九九六年に越前守に任命されました。越前へは、紫式部（二十三歳頃）も同行しました。

実際に辿ったであろうルートを、次ページの地図も参考にしながら見ていただくと、自宅から牛車で京極大路を南へ→三条で東へ→粟田口《あわたぐち》→比叡山《ひえいざん》越え→琵琶湖の南端にある大津の浜へ移動し、そこからは船で琵琶湖を北上したようです。竹生島《ちくぶしま》の東側を通り、北端にある塩津《しおつ》に到着後、なんと徒歩で移動し、深坂峠を越えて敦賀《つるが》へ。そして、また船で敦賀湾を杉津《すいづ》まで移動し、そこから徒歩で山中峠を越えて今庄《いまじょう》へ。さらに山あい（現在の北陸本線）を歩いて越前武生《たけふ》まで行きました（※ルートは『紫式部　人と文学』〔後藤幸良／勉誠出版〕より）。

自宅から越前までのルート

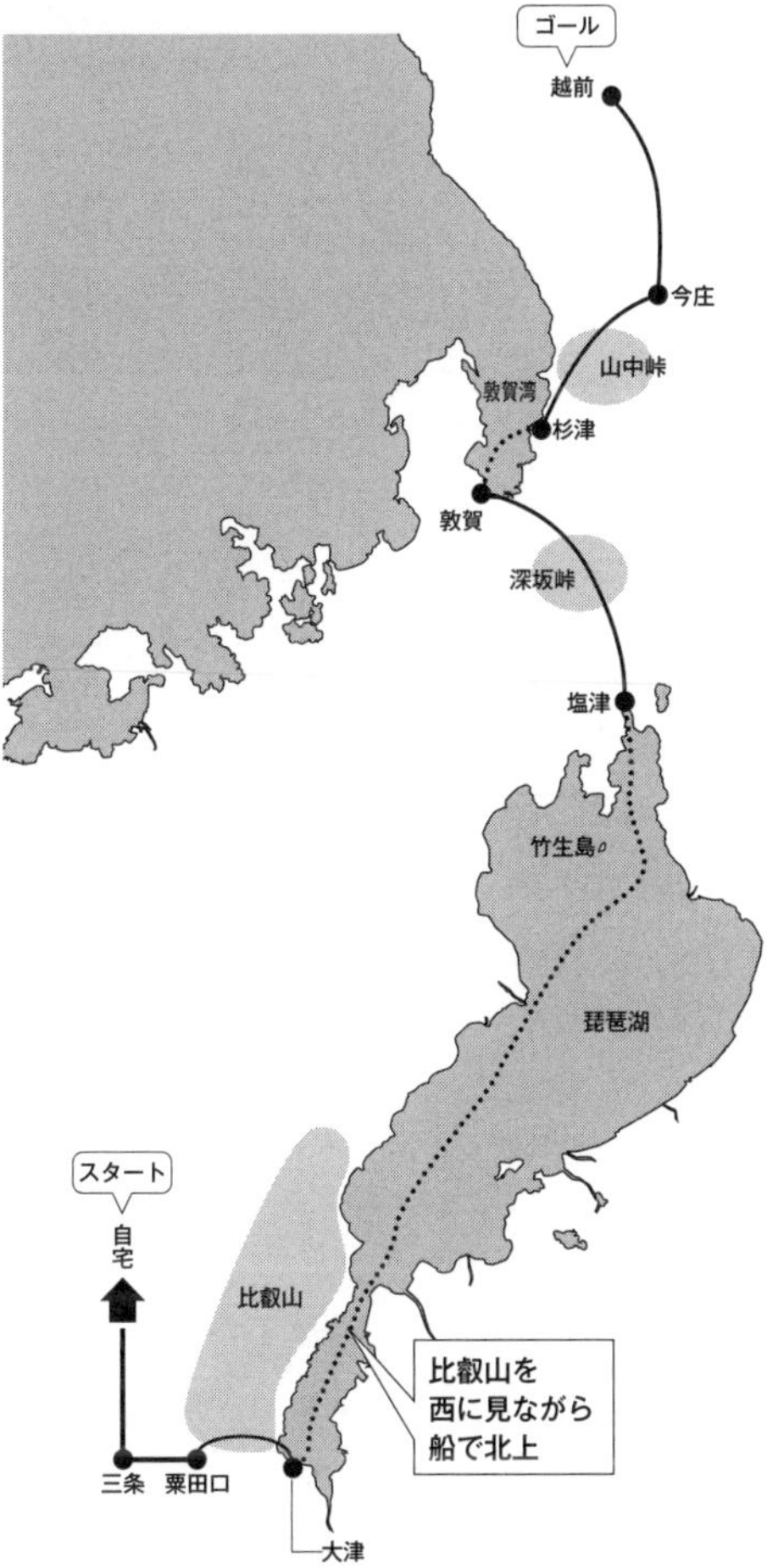

紫式部 心の声

地図を見てくださったかしら？　私、すごい距離を移動したでしょ!?　現代でもこれとまったく同じルートと手段で京都から越前に行くのは、相当大変だと思うけれど、私の時代の貴族女性が、徒歩で峠を二つも越えて山あいを移動するなんて、通常では絶対しないことよ。普通はね、部屋の中にこもって、男性に顔を見られないように過ごしているの。こんな長距離を牛車だけでなく、船、徒歩でも移動するなんて、他の貴族の娘たちならば「嫌よ、絶対嫌！　ありえない!!」って断固拒否したと思うわ。しかもね、夏に出発したの。暑さもそうだけど、なんか変な虫もいっぱいいて、特に徒歩での峠越えとか悲惨だったわよ！

だけど、自分の部屋で過ごしているだけだったならば、絶対に知らなかったであろう景色を自分の目で直接見て、珍しい鳥の鳴き声とか自然の音も自分の耳で直接聞いて、新鮮な空気を吸って、たくさんの自然に直接触れて……とっても貴重な経験ができたと思っているわ。

現代ですら、旅行に出かけて普段とは違う空気に触れることでリフレッシュできたり、新たな経験や発見によって視野が広がったりするものですから、基本部屋で過ごしてきた紫式部にとって、この経験はとてつもなく強烈な思い出となり、心と体に刻み込まれたことだと思われます。ただし、今とは違って道も補整はされておらず、常に危険と隣り合わせだったでしょうから、ただ単に「楽しいハイキング気分を味わえて、リフレッシュできてスッキリ！」というわけにはいかなかったのも想像に難くありません。道中で詠んだ和歌として、都を恋しく思う和歌や、舟が揺れて不安だという和歌が『紫式部集』に残されています。

三尾《みお》が崎《さき》という所で漁民が網《あみ》を引くのを見て、次のような和歌を詠んでいます。

三尾の海に　網引く民《たみ》の　手間もなく　立居《たちい》につけて　都恋しも

（訳）三尾が崎の海で、網を引いている民がひまもなく働いているのを見るにつけても都が恋しいよ）

越前に到着してからの和歌も、寒い冬に都を恋しく思う内容です。越前市の日野山に雪が深く積もっているのを見ながら、「**今日は京都の小塩山《おしおやま》の松にも雪が入り乱れて降っているだろうね**」と詠んだり、侍女たちが庭に積もった雪を山のようにして、部屋から出て見るように勧めた際にも、「**都に帰る山路(南今庄)にある鹿蒜山《かえるやま》であれば、嬉しくなるかと雪を見に行くでしょうね**」と詠んでいます。

父親に同行して貴重な体験もしているはずですが、実際に都を離れて雪深い田舎で過ごすことは、紫式部には退屈きわまりなく、都に帰りたくて仕方がなかったようですね。しかし、この経験があったからこそ、後に『源氏物語』を執筆する際、たとえば光源氏が自ら京都を離れて、須磨や明石に退去する場面においての景色や心情描写などで、大いに役立ったこともあったと思われます。

さて、国司は通常四年の任期ですが、紫式部は一年半ほどで父親を残したまま一人で都に帰ります。耐えられなくなり、ブチギレして逃げ出したわけではありません。紫式部、二十五歳頃、当時ではかなり遅い結婚が決まったからです。

コラム

為時はナゼ越前守になれた？

花山天皇出家後、仕事を失い、長年まともな仕事につけなかった為時が、10年ぶりに国守になれましたが、もともとは越前守ではなく、淡路守に任命されていました。ですが、当時の淡路の国はとても貧しい国の一つで、納得のいかない為時は久しぶりの任命にもかかわらず、一条天皇に「必死に勉強した寒い夜、血の涙も流すくらい頑張りました。任官式の翌朝ショックのあまり、呆然と空を眺めています」と漢詩に託して上申したのです。一条天皇はとてもあわれがり、それを見ていた道長が、自分の部下である源国盛《くにもり》が越前守に決まっていたのに辞退させ、為時を代わりに任命したと伝えられています（ちなみに、国盛はそれがショックで体調を崩し、そのまま病死しました。かわいそう……）。

ただし、それだけではなく、為時が赴任する前年、若狭に宋の商人たちが漂着し、その商人たちを若狭から移動させ、越前に滞在させていたのですが、その宋の人たちが交易を求めていたため、それに対応する役割として、漢学の才能が抜群だった為時が越前守に任命されたと考えられています。

私、結婚します！

越前にいるのに、結婚のために京都に戻るということは、相手は当然越前の人ではなく都の人間です。そうすると、「どこで誰と、いつの間に出会ったんだ⁉」となりますよね。お相手は、藤原宣孝《のぶたか》という二十歳ほど年上の遠い親戚でした。宣孝も紫式部も同じ良門《よしかど》流ですが、宣孝のほうが家格は上です。しかも、宣孝は有能な官僚で、学識・教養もあり、二十歳も年上なので包容力もバッチリでした。宣孝には正妻と他にも妻が二人おり、正妻との間の長男には紫式部と同い年くらい（紫式部より年上との説もあり）の隆光《たかみつ》がいました。また、宣孝は花山天皇の蔵人もしていたので、紫式部の父為時と同僚でもありました。よって、当時、為時の家に来たこともあったでしょうし、紫式部がまだ幼い頃から知っていたはずです。為時から紫式部のずば抜けた漢学の才能のことも聞いていたかもしれませんね。

紫式部と夫宣孝の系図

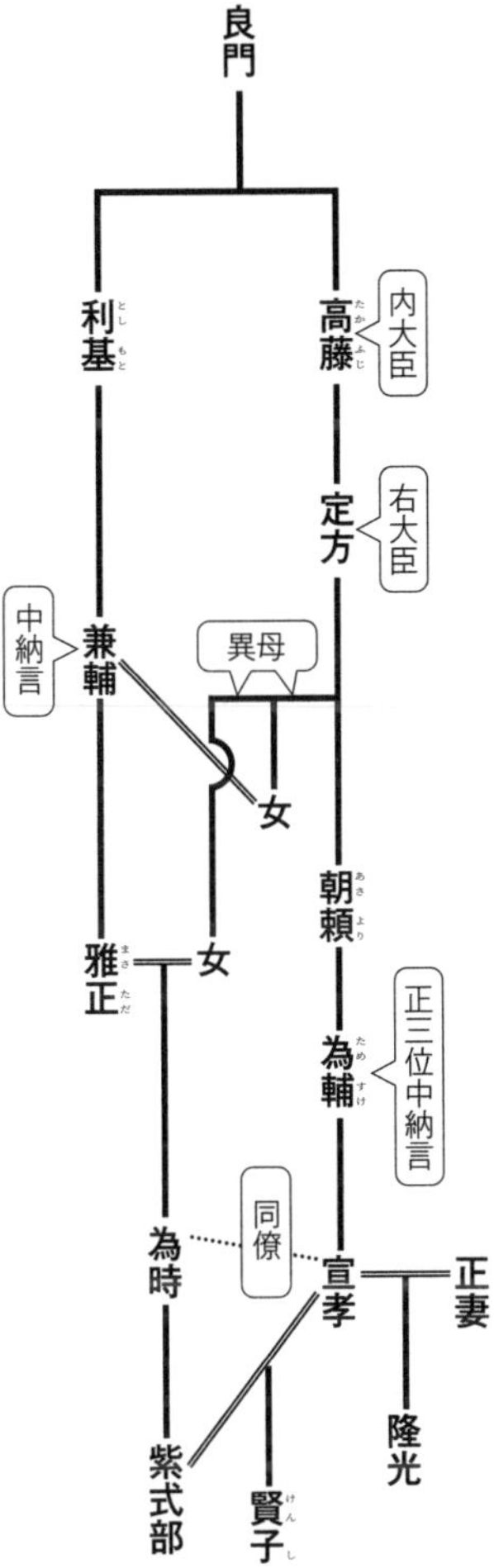
良門
利基《としもと》
高藤《たかふじ》
内大臣
定方
右大臣
中納言
兼輔
異母
女
朝頼《あさより》
雅正《まさただ》
女
為輔《ためすけ》
正三位中納言
為時
同僚
宣孝
正妻
紫式部
賢子《けんし》
隆光

宣孝は、この知的な女の子に興味があったのでしょう、女の子が大人になり、父親とともに行った越前にまで手紙を届けていたのです。為時が赴任する前年に漂着した宋の商人をネタに、宣孝は「**僕も越前の宋の人たちを見に行くよ**」とのこと。「宋の商人を見に行く」と言いつつも、これはつまり「君に会いに行くよ」ということでもあるのです。仕事が忙しくて、本当に越前に行くことはできなかったようですし、もともと本当に会いに行く気満々というよりは、冗談めいた口説き文句のようなノリだったのでは、と思われます。

新年になって、宣孝から「**春は氷が溶けるものだと、なんとかして君に知らせたいな。**（＝君の心も僕にうちとけるべきだよね）」という手紙が届き、紫式部は「**春ですけど、白山の雪はますます積もっていますわ。いつ溶けるかわかりませんね。**（＝私があなた様にうちとけるなんて、いつの日になることやら。そんな日がくるとは思えませんわ）」と返歌をしています。紫式部も二十四歳くらいのいい大人ですから、冗談のようなノリで返しており、宣孝のことを嫌いではなかったようです。本気で嫌ならば、当時は返歌をしません。かといって、真剣に応じるつもりもなさそうで、どちらもなんとなく軽い感じのやりとりです。

その証拠と言ってはなんですが、宣孝はその頃、近江守の女《むすめ》にも絶賛アプローチ中で、その噂は紫式部にも届くくらいでした。それにもかかわらず、紫式部にいつも「君だけだよ」と手紙で言い続けており、煩わしく思った紫式部は「**湖で友を呼ぶ千鳥さん、どうせならば、たくさんの湊《みなと》で鳴き続けなさい。声枯れしないようにね。**（＝あなた様は近江守の女に声をかけているのでしょう。いっそ、いろんな女性にあちこちで声をかけまくればいいわ。声枯れないようにね）」と返歌をしています。「『君だけ』なんて、そんな言葉に騙されないわよ！」というところでしょうか。

ですが、紫式部は、海人が塩を焼いている姿と投げ木〈＝塩を焼くために切って積んでいる木〉のイラストを描いて、木の元に「**あなた様もこんなふうに、あちこちの女性に声をかけて、自分から恋の嘆きを積んで**〈＝**重ねて**〉**いるのでしょうか**」という返事もしており、けっこう楽しんでいることもわかります。面倒な相手に、わざわざイラストまで描くなんて、そんな凝ったことはしませんからね。

宣孝から、わざと朱（＝赤）色の墨をポタポタと手紙の上に落として、「**ほら、これは君のことが恋しくてたまらずに流した血の涙だよ**」という手紙が届きます。四十代後半のいい年をした大人の男性が、いったい何をやってるんだ⁉と、あまりの凝り具合（良く言えばお茶目？）に笑ってしまいそうですが、紫式部は「**血の涙なんてますます疎ましいです。移り気な心が色に見えているから**」（『万葉集』に「紅は変わりやすい色」という和歌があります）と返事をしています。「**だって、あなたにはもともとちゃんとした奥様がいるでしょう？**」とも。

お互い知的教養もあり、ユーモアセンスの相性も抜群だったのでしょう。現代で言えば、ＳＮＳ上でのやり取りがポンポンできる楽しい相手、のような感じでしょうか。紫式部にとっては退屈な田舎暮らしの中、知的なセンスも感じられる宣孝とのやり取りが楽しく、宣孝からの手紙が思いのほかに楽しみになっていったと考えられます。

当時は「男女が文通＝お付き合い成立」と考えられていた時代ですから、気づけば、父の同僚だった親子ほど年齢の離れたこの男性に、いつしか心を許していたのです。お互いの教養を認め合えて尊重もしている関係性でしょうから、本当に相性は良かったのでしょうが、それでも、北国で退屈していた環境が後押しをしたのだろうな、とも思います。都にいたまま充実していたならば、きっと「父の同僚の、面白くてセンスのある人」のような好印象ではあったにしても、恋愛対象としては見なかったのでは、と。現代でも、状況は違いますが、「失恋したばかりで傷心の時に、とても優しくしてくれたので、なんとなく付き合っちゃいました」のような、タイミングが交際の後押しになったというカップルもいますよね。それと近いようなものを感じます。タイミングも大切な条件の一つでしょうし、宣孝と紫式部の場合は、タイミングだけではなく、付き合ってみて（＝文通してみて）本当に相性も良かったのでしょう。この二人に関して、年齢差のこともよく取り上げられますが（私も書きましたが）、別に年齢差があろうが、本人たちにはそんなことどうでもよい、運命の相手だったのだろうな、とも感じます。

『紫式部集』からの情報だと、ケンカだってできるほど仲は良かったようです。ケンカの原因は、宣孝が紫式部からもらったプライベートな手紙を他人に見せたこと。宣孝さん、それはアウトだわ。現代でも、これはマナー違反ですよね。付き合っている相手だからこそ言えること、書けることってあるでしょうし、その人しか読まないこと前提で書いているわけですから、それが公になればとてつもなく恥ずかしいでしょう。別にそこまで変なことを書いていなくても、それでも、やっぱり他の人に見せていたら、「は?」って、だいぶモヤっとすると思います。紫式部も、当然キレました。**「今まで私があげた手紙、全部返しなさいっ‼　そうじゃないと、もう返事は書かないから」**と。宣孝は若干逆切れな感じで、**「わかったよ、全部返せばいいんだろ、返せば」**的な、恨み言を言ってきたのです。そこで、紫式部は返歌をしました（↑初めて読んだ時に「するんかいっ！」と思ったのは私です）。

閉ぢたりし　上の薄氷《うすらい》　溶けながら　さは絶えねとや　山の下水

（訳　閉ざされた川の薄氷が春になり溶けるように、ようやくあなた様に心を許してうちとけたのに、そんなふうに言うなんて、もう私たちの仲も絶えてしまえとでも思っているのかしら？）

宣孝からは「**底が見えるような浅い気持ちなら、別れると言うなら別れてもいいよ**」と、売り言葉に買い言葉のような返事がきました。二十歳も年上で、いつもは包容力も余裕もある宣孝が、そんな風に拗ねて（？）「もう何も言わないよ」と怒っている様子に、紫式部はかわいく思ったのか呆れたのか、笑っちゃったようです。そして、笑いながらも「**手紙も書かないし絶交すると言うなら、絶交しましょう。あなたが怒ったからといって、どうして遠慮して私が我慢しなきゃいけないの？　遠慮なんてしないわよ（笑）**」と返事を出すと、宣孝は「**腹は立っているけど……もう、わかったよ、君には負けたよ**」と降参しました。

そんなこんながありつつも、順調に文通は続いたようで、宣孝から本格的にプロポーズ。

気近《けぢか》くて　誰《たれ》も心は　見えにけむ　ことは隔てぬ　契《ちぎ》りともがな

（訳）近しくなって、お互いの心も通じ合っただろう。隔てたやり取りではなく、君と夫婦になりたいな）

北国生活に耐えられず、ブチギレして逃げ出したわけではありませんが、京都が恋しくて帰りたいと思っていた紫式部にとって、願ったり叶ったりだったかもしれませんね。現代だと、仕事が辛くて「もう限界……」となっていた時に、彼氏から「結婚しよう」とプロポーズ。仕事を円満に辞められるチャンス、彼氏のことも嫌いではない（というか、好き）、プロポーズしてくれた――「そりゃ結婚選ぶでしょ！」ということは、いくらでもあると思います。その結婚が、とても幸せな人生につながることも十分あるわけですから、決して不純な動機ではありません。「逃げた」なんて思わなくていい。より幸せになる選択肢が、ちょうどよいタイミングで目の前に現れて、そちらを選んだだけです。幸せを選んだのです！　そう、だから、紫式部も宣孝と幸せになることを選びました。父を置いて先に一人で都に帰ることになるとしても、宣孝との結婚を選び、幸せになる道をまた新たに歩き出そうと決めたのです。

ただし、プロポーズのあと、すぐに「はい！」とは言わず、「**あなたの心が浅いことがわかる**」などと当時のお決まりの反発（？）を一度していますが。まあ、それはお決まりなので、宣孝は再度「**峰が寒いので岩の間に凍っている谷の水が、その後溶けだして深くなるだろう。**（＝今はまだ拒否をしている君だけど、いつか将来うちとけて僕たちは深い仲になるだろうね）」と和歌を送り、その後、二人は結婚しました。

宣孝は仕事も絶好調で、結婚翌年に、紫式部は娘賢子《けんし》を出産します。この頃が、紫式部の幸せの絶頂でした。賢子がまだ二歳くらいの一〇〇一年に、宣孝は疫病（天然痘）にかかり、あっけなく亡くなってしまいます。

書くことで、つらい気持ちを癒やせるか

宣孝が突然亡くなり、幼い一人娘を抱えて未亡人となった紫式部。傷心を癒やすために物語創作、つまり、あの有名な『源氏物語』を執筆し出したのでは、という説があります。とても大きな悲しみを抱えた時に、「仕事があった（＝仕事をしている時間は、悲しんでばかりもいられない）からこそ精神を保つことができた」という経験をした人もいらっしゃると思います。よって、夫の死後に『源氏物語』を執筆することによって、悲しみから目をそらす、いや、悲しみとともに前を向いていくということができたのかもしれない、と想像することはできます。ただし、一家の大黒柱を失い、まだ二歳の子を一人で（実際は一人ではないとは思いますが、夫がいない中で）育てていかなければいけないといういっぱいいっぱいの状態では、とてもじゃないけど物語の構想をゆっくり練ったり、書いたりする余裕はさすがにないのでは、とも思います。

ですから、死後直後ではなく、少し落ち着いてからだとは思いますが、その頃に『源氏物語』を書き出したのでしょう。ただ、最初から五十四帖も書こうとは思ってもいなかったはずです。趣味程度で書いたものが好評で、周りに少しずつ口コミで知られていき、そのうち本人が予想もしていなかったほどに噂が広がり、上流貴族などにも『源氏物語』は読まれるようになったのです。

そんな中、藤原道長から、「中宮彰子のもとに出仕をしてほしい」と紫式部に要請がありました。

藤原道長――おそらくほとんどの人が名前を聞いたことがある有名人ですよね。この人物に出会っていなければ、『源氏物語』は完成していなかった可能性も高いです。紫式部のことを知るためには、道長についてもある程度のことは理解しておくべきです。2章で「藤原道長」に関して、少し詳しく見ていきましょう。

コラム

学問ではなく恋や風流に生きた惟規

弟惟規は漢学よりも、花や紅葉を見て季節を感じたり、恋愛を楽しんで生きていました。

『今昔物語集』という作品に、惟規が亡くなる際の次のような話が書かれています。

僧が助かる見込みのない惟規の耳元で、死んだ後にどうなるかを話すと、惟規は虫の息の状態で「その世界に、嵐に散る紅葉や、風になびく薄などの下で、松虫などは鳴くのか」と質問しました。「それらがあれば、心が慰められるから」と。極楽往生を願って念仏などをすべき時なのに、風流の有無の心配をする惟規に、僧はあきれて帰りました。

以下は、いよいよとなり詠んだ辞世の句です。

都にも　わびしき人の　数多《あまた》あれば
なほこのたびは　いかむとぞ思…

（訳 都にも恋しい人がたくさんいるので、今回の旅では生きて帰ろうと思…）

最後の文字を書けずに亡くなってしまった惟規。為時が、きっと「ふ」と書きたかったのだろうと「〜思ふ」（思う）と書き加えたそうです。

2章

紫式部のスカウトマン・藤原道長について

エリート策士の五男坊

紫式部を語る上で、絶対に外せない人物の一人が藤原道長です。1章の最後にお伝えしたように、道長と出会っていなければ、あの長編『源氏物語』だってきっとあんなに長編ではなかったでしょうし、現代に残ってもいなかったでしょう。紫式部という女性がいたことすら、誰一人知らない現代となっていたかもしれません。頑張って、紫式部のお姉さんと同じ扱い「藤原為時の女《むすめ》の一人」で終了でしょう。しかも、為時は中流以下の貴族のため、為時本人の何かで有名というよりは、「紫式部の父」ということで知られている感も否めませんので、為時の存在も今より薄くなることは間違いないと思われます……。

そんな紫式部にとって、キーマンとなる藤原道長とは一体どんな人物で、なぜキーマンとなったのか、本章で詳しく見ていきましょう。

道長は藤原兼家の五男です。藤原兼家とは、そうです、あの紫式部の父為時がお仕えしていた花山天皇を、若くして突然出家させた陰の首謀者です（22ページ参照）。兼家から少し脱線しますが、花山天皇は第65代天皇で、第63代冷泉《れいぜい》天皇の第一皇子です。第64代天皇は、冷泉天皇の同母弟の円融《えんゆう》天皇で、円融天皇の即位と同時に師貞《もろさだ》親王（＝後の花山天皇）は皇太子となりました。花山天皇の母親は、藤原伊尹《これただ》（「これまさ」とも）の長女懐子《かいし》で、この母方の祖父伊尹の推しによって、皇太子となれたのです。

花山天皇関係図

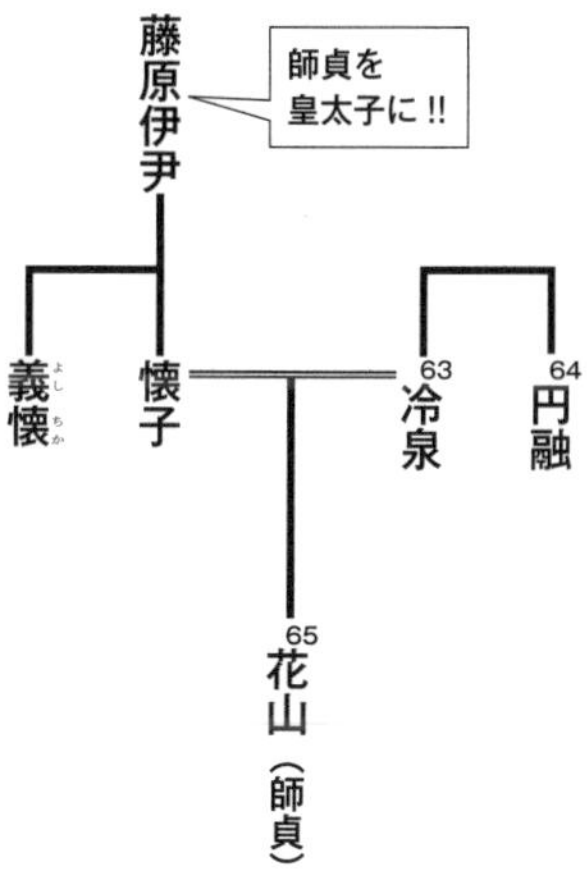

その後、伊尹は太政大臣となるも病気にかかり、師貞が皇太子であるまま、天皇になった姿を見ずに亡くなってしまいます。伊尹、無念……。ただ、花山天皇が即位したのは、伊尹が亡くなって十二年も後のことなので、ある意味割り切れてあの世に旅立てたかもしれませんね。「あと少しで即位、もう目の前！」みたいな時に亡くなったら、そのほうが「なんで今なんだよっ⁉」と自分の寿命を自分で恨んでしまったのではないか、と思ってしまいます。

さて、そんなこんなで花山天皇が即位すると、伊尹の五男で、花山天皇の母親の弟である藤原義懐《よしちか》が政治の実権を握りました。しかし、肝心な伊尹や懐子も亡くなっており、有力な後見人がいなかったため、当時の人の感覚だと「花山天皇大丈夫？　この御代《みよ》、続きそう？」的な、おそらく脆《もろ》い御代に思えたのでは。そして、その予想は見事に的中するのです（まあ、現代人の私は、その後のオチがわかっていて書いていますので、予想も的中もおかしいのですが、そこはサラッと流してください）。

花山天皇の即位と同時に皇太子となったのは、円融天皇の第一皇子懐仁《やすひと》親王（＝後の一条天皇」でした。一条天皇の母親は藤原詮子《せんし》で、兼家の娘です。ようやく兼家の名前に戻りましたね、お待たせしました！

兼家は、当時の人であれば当然ですが、こう考えます。

「懐仁が天皇になったら、オレは外祖父として実権が握れる！　花山天皇には一刻も早く天皇の位を辞めてもらわないと！」

一条天皇関係図

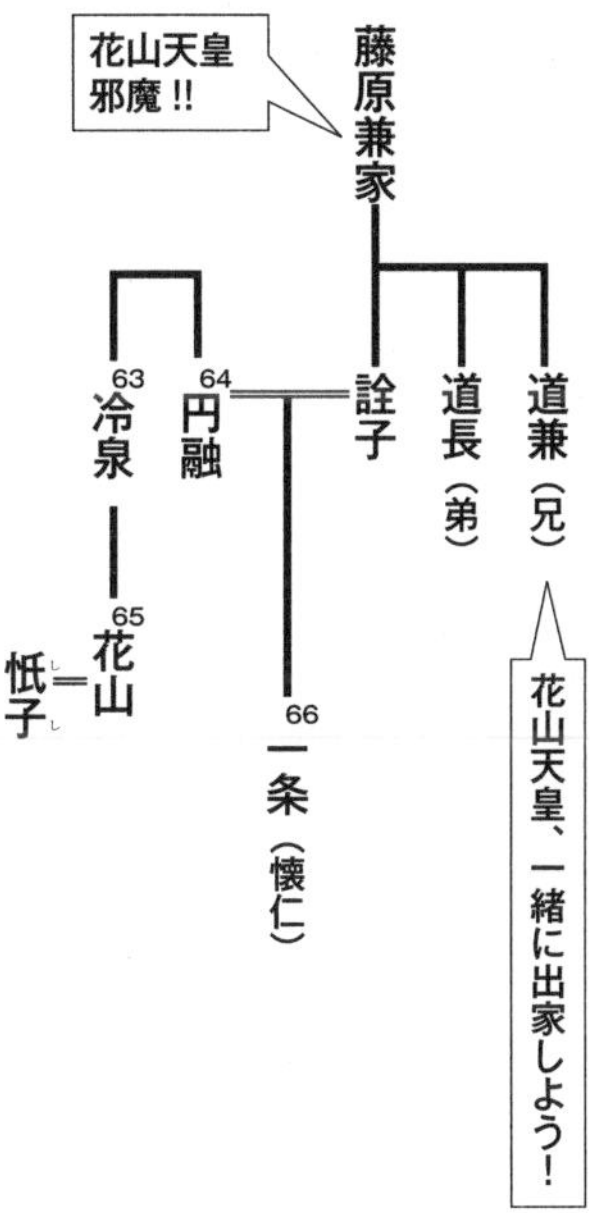

そして、22ページで見たように、妊娠中の若き妻忯子が亡くなり傷心の花山天皇に、道兼〔＝兼家の三男〕が「一緒に出家をしよう」と誘い出すのです。道兼本人は出家する気なんて、本当はさらさらありません。すべては、花山天皇を出家させ、天皇を辞めさせるための兼家の企みです。月の明るい夜に、花山天皇と道兼の二人で宮中を抜け出してお寺に行き、先に花山天皇を出家させてから、道兼は「父に出家前の姿を見せにいってきます」と言ってその場から出ていき、二度と戻って来ませんでした。これは『大鏡』という作品のとても有名な場面で、学校で習ったという記憶がある方もいらっしゃるかもしれませんね。とにもかくにも花山天皇は、そこでようやく自分がだまされたことに気づいたのですが、後の祭りです。結局、花山天皇は出家をし、天皇の位を一条天皇に譲りました。一条天皇が即位すると、兼家は念願の摂政となりました。兼家もここまでくるのに、紆余曲折を経ています〔兄兼通《かねみち》とはこの上なく仲が悪く、それが原因で冷遇された不遇の時代もあります。逆に兼家が厚遇され、兼通が不遇の時もあるのでお互い様ですが。それをいろいろ書き出すと長くなるため、ここでは省略します)。ただし、兼家は当時右大臣でもあったため、上司にあたる太政大臣と左大臣がおり、権力のトップというわけではありません。そこで、兼家は右大臣を辞職しちゃいます。「上司なんていませんけど」状態を自ら作り、孫の一条天皇を使ってかなりの好き放題をし、誰もが認めざるを得ないほどの格の違いを見せつけ、摂政として君臨したのです。

長くなりましたが、これが道長の父です。道長は、そんなエリート策士・兼家の五男坊でした。

カリスマ的？　ただのラッキーボーイ？

当時は一夫多妻ですから、道長は兼家の五男ですが、正妻時姫《ときひめ》が生んだ三兄弟の末っ子(三男)で、兄には長男道隆と次男道兼がいました。通常、当時は長男が家督を継いでいくので、現代でも道隆のほうが有名であるならば自然なのですが、ナゼ正妻の息子であっても、三男の道長がこんなにも有名なのでしょうか。現に、兼家は道隆を内大臣に任命し、出家する際には道隆に関白を譲っています。道隆は長女定子《ていし》を一条天皇に嫁がせており、道隆が栄えていく舞台は整っています。しかも、高階貴子との間には、定子の他に伊周《これちか》・隆家《たかいえ》など三男三女がおり、他の妻との間にも子どもはたくさんいました。どこでどうなって、道長のほうが栄えたのでしょうか。

藤原道隆関係図

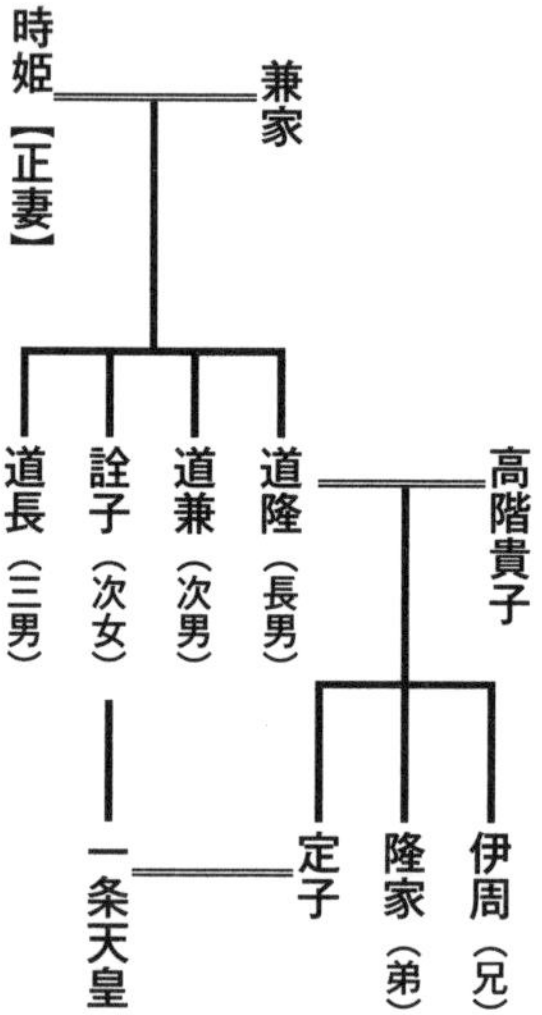

普通に考えれば、権力を握れるチャンスが道長に巡ってくる確率は、けっこう低い状況です。ですが、『大鏡』には「なるべくしてなった権力者」的な、次のようなカリスマ性あふれる道長が若かりし頃のエピソードがあります。

公任（＝太政大臣の長男である藤原公任《きんとう》。道長と同い年）は漢詩・和歌・音楽の才能、すべてにおいて素晴らしく、兼家はそんな公任を素晴らしく思い、「自分の子供たち（＝道隆・道兼・道長）なんて、公任に近づくこともできずに、公任の影すら踏めないのが残念だよ。あ～、いいなぁ、あんな立派な息子、うらやましいなぁ」と言ったのです。（公任の素晴らしさを褒めるのはよいとして、自分の息子と比較するのはよくないんじゃ……）それを聞いた道隆と道兼は「父さんがそう思っても当然だよな……」と恥ずかしさでいっぱいになり、何も言えませんでした。（ほら～、言わんこっちゃない。二人とも委縮してしまったじゃないですか。）が、しかし！　末っ子の道長はこう言い放ったのです。「ふんっ、そりゃオレは公任の影なんて踏まないよ。影じ

ゃなくて、顔を踏みつけてやるからさ！」と。

やっぱり道長は違いますね。超絶エリート太政大臣の息子で、才能あふれる公任だろうが、道長にとっては目じゃないのです。「自分のほうが上にのし上がってやる」と確信しているようなこのセリフ。『大鏡』のこの続きも、「**本当にその通りになりましたね。公任は道長の子教通《のりみち》さえ近くで見ることができないくらい**（道長一家は繁栄した。ちなみに、教通は公任の娘婿）」となっています。

あともう一つ、『大鏡』から道長の有名なエピソードをご紹介します。あの花山天皇が帝の時のお話です（途中、かなりくだけて訳しています。ご了承ください）。

それは、激しい雨が降り、とても気味が悪い夜のことです。花山天皇が「こんな夜に離れた場所へ一人で行けるやつがいるか？」と聞いたところ、周りの人々は

「無理です」と答える中、道長だけが「どこでも余裕ですけど」と言いました。花山天皇はおもしろがり、「では、道隆は豊楽院《ぶらくいん》、道兼は仁寿殿《じじゅうでん》の塗籠《ぬりごめ》、道長は大極殿《だいごくでん》へ行け」と命じたのです。かわいそうなのは道隆と道兼。完全にとばっちりです。案の定、二人は「うっそ〜ん」と顔面蒼白。ですが、天皇からの命令ですから、行くしかありません。そんな中、道長はさすが言い出しっぺ、「僕は家来とかもいりません。一人で中に入りますから」と言いました。ですが、一人で入ったなら、本当に入ったとしてもそれを証明する人がいませんよね。そこを天皇に指摘され、「たしかに」となった道長は、帝から小刀を借りて出発します。三人とも別の門からそれぞれ出発したのですが、道隆と道兼は天皇の命令でも限界で、「やっぱ無理!」と途中で引き返してきました。道長はだいぶ経ってから戻って来て、天皇に小刀と削り屑を渡し、「（大極殿の）高御座《たかみくら》の柱を削ってきました」と平然と言ってのけたのです。翌朝、天皇が「削り屑と柱の削り跡を合わせて確認しろ」と命じます。もちろんピッタリ一致しました。

みんなが怖がるようなことにも、道長はまったく動じません。このように、道長は偉くなる前から異常に肝が据わっており、何でも平然とやってのける性格で描かれており、一番の権力者になるべくしてなったのだな、と感じさせますね。

ただし、実際に権力が握れたのは次のような事情からです。まず、長男道隆が四十代前半という若さで、残念ながら病死してしまいました（飲み過ぎからくる糖尿病が原因だと考えられています）。そして、道隆の死後、次男の道兼が関白を引き継ぎますが、なんと、その数日後に道兼も病死してしまうのです。次の関白を、三男の道長と伊周《これちか》（道隆の長男）、つまり、叔父と甥とで争うことになったのです。一条天皇の母である詮子は弟の道長推しで、一条天皇を泣き落としで説得し、道長が藤原氏のトップとなりました。さらにその後、伊周がとある勘違いから大失態を犯し（大失態の詳細は後程お伝えします）、完全に自爆してくれたのです。

このように、兄たちが続いて亡くなったこと、姉が泣き落としにかかってくれたこと、甥が自滅してくれたことなどが重なり、道長の繁栄が確固たるものとなりました。

先に『大鏡』より、道長のすごさがわかるような有名エピソードを二つ紹介しましたが、『大鏡』は、道長が最強の権力を握った後に書かれている作品のため、いくらでも話は盛れるわけです。

道長が権力を握れた経緯を冷静に考えると、けっこう偶然が重なった感がありますよね⁉　カリスマというよりは、ただのラッキーボーイなのでは……的な。ただし、運も実力のうち、いや、「運こそが重要」なのかもしれません。特に当時の外戚政治なんて、運以外の何物でもないわけで。帝とあまりにも年齢がかけ離れすぎていない娘がいること、天皇に嫁げるくらいのレベルであること、妻がいっぱいいる中で天皇にこの上なく愛されること、なんといっても男皇子が生まれること……もう、努力とかそういう次元とはまったく違う博打みたいなものですよね。運をもっていることが、カリスマとなれる重要なキーポイントの一つであることは間違いなさそうです。

トンデモ事件を起こした甥・伊周と隆家

道長は九九五年、甥の伊周との政争に、姉詮子のおかげもあり勝ちましたが、九九六年正月に伊周・隆家兄弟が花山法皇（＝出家した上皇）に矢を射かけて襲撃するという事件を起こし、これによって、道隆一族の敗北・没落が決定的となりました。

事の発端は、花山法皇が出家した身でありながら、亡き妻忯子のことが忘れられなかったのか、忯子の妹である四の君のところに通い出したことです。四の君と同居している姉三の君が、伊周の彼女だったのです。その家に通っている花山法皇を見かけた伊周が、てっきり自分の彼女が寝取られていると勘違いをし、弟隆家に相談したところ、隆家が従者を連れて法皇を襲撃し、法皇の服の袖を矢で射抜いた挙句、花山法皇の従者の童子二人を殺害して首を持ち去ったとかいう、とんでもないことをしでかしたのです。

こんなの訴えて当然の事件ですが、花山法皇は「法皇」という立場上（当時、出家をしたら恋愛はご法度）、自分が女性と深い仲になっていることが世間に知られてしまうことを気にして、口外しなかったのです。ですが、これだけの事件、公にならないなんてことはありえません。噂を聞きつけた道長は、「こんなチャンス見逃すはずがない！」とばかりに伊周・隆家を流罪とし（最終的にその命令を下すのはもちろん天皇です）、道隆一族を政治の世界から追いやりました。この事件の頃、定子は出産を控えていて宮中から退出していましたが、ショックのあまりに自ら髪を切って出家したのです。

ところで、九九六年といえば、紫式部が父為時と一緒に越前に下向した年です。花山天皇は父がかつてお仕えした天皇ですから、このあたりのゴタゴタした事件のことは、紫式部の耳にも当然入っていたことでしょう。当時、既に二十歳も超えている大人ですし、幼い頃から頭脳明晰な紫式部ですから、このようなドロドロした政治の世界に対して、思うところもいろいろあったかもしれませんね。

定子はその後、無事第一子の長女を出産し、一条天皇のたっての要望で還俗《げんぞく》（＝出家した人が俗人に戻ること）して、宮中にも戻っています。父道隆が若くして亡くなり、兄弟が流罪になり、不幸続きの定子ですが、一条天皇に心から愛されていたことがわかります。ここまでにも何度か書いてきたように、天皇からの寵愛を得ること、それは、政治においてもとても重要なことです。そこで、道長は動きました。

僕の娘を差し上げます

道隆が定子を一条天皇に嫁がせたように、道長も長女彰子を一条天皇に嫁がせました。とはいえ、彰子はまだ十一歳で、八歳年上の一条天皇からすれば、まだまだ子供です。しかも、彰子の入内の六日後に、定子は一条天皇の第一皇子である敦康《あつやす》親王を出産しています。一条天皇は定子にゾッコンなのです。こんな状況の中、嫁がなければいけなかった彰子、かわいそうですよね。夫となる人は奥様に夢中で自分なんて女として眼中にないし、父親からのプレッシャーもあるし、むなしさと不安とで絶望しかなかったのでは、と思ってしまいます。

そして、不幸続きではあった定子ですが、一条天皇が夢中になるのもわかるほどの才色兼備だったようです。定子の周りでお仕えしている女房たちも明るく知的で、その代表格となるのは「清少納言」でしょう。清少納言が書いた『枕草子』には、定子、一条天皇をはじめとする貴人と女房たちとのウィットに富んだやり取りがあふれています。漢籍に関心があった一条天皇は、そのような雰囲気も好きだったのでしょうね。

道長も彰子の周りに女房を雇いました。昔から女房としていろいろな上流貴族に仕えている「使える女房」はもちろんのこと、なんとかして定子とはまた違う雰囲気にしたかったのでしょう、道長は家柄や身分にこだわって女房を厳選したのです。四位や五位の娘でも、育ちが良くないものは却下しました。「さすが道長様のお嬢様とその女房たちは素晴らしいね、別格だね」となるように、後見もおらず没落していくしかない定子とは違って、「気品のあるエリート集団」にしたかったのだろうと思われます。

彰子の女房たち

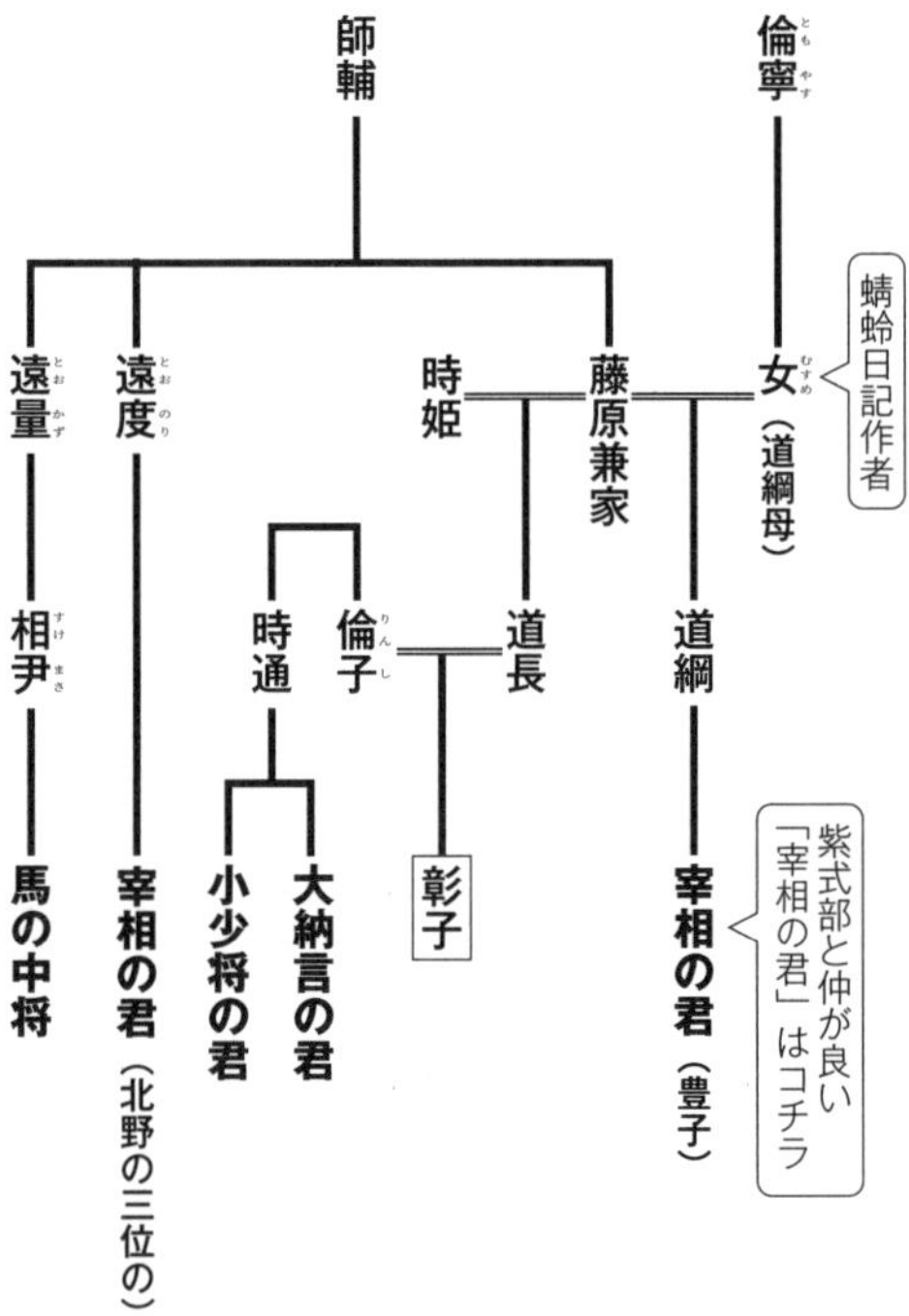
師輔
倫寧《ともやす》
遠量《とおかず》
遠度《とおのり》
時姫
藤原兼家
女《むすめ》（道綱母）
蜻蛉日記作者
相尹《すけまさ》
時通
倫子《りんし》
道長
道綱
馬の中将
宰相の君（北野の三位の）
小少将の君
大納言の君
彰子
宰相の君（豊子）
紫式部と仲が良い「宰相の君」はコチラ

さて、定子が敦康を出産した日（九九九年十一月七日）に、彰子は女御の宣下を受けています。そして、中宮定子が既にいるにもかかわらず、一〇〇〇年二月二十五日に彰子も中宮となりました。「中宮が二人いるなんておかしい」という声もあったのですが、道長が強引に「では、定子は皇后という位にしよう、僕の娘の彰子は中宮で」と推し進めてしまいます。こうして「一帝二后」となったのですが、同年十二月十六日、定子は第三子媄子《びし》内親王を出産後、すぐに亡くなってしまいました。

ちなみにこの頃、世間では天然痘が流行しており、都の道にも死者があふれかえっていたようです。そして、1章でもお伝えしたように、紫式部の夫宣孝はこの疫病の餌食となってしまったのでしょう、一〇〇一年四月二十五日に、わずか二歳くらいの幼い賢子を残して亡くなりました。

このような中、（もう少し後だとは思われますが）紫式部は『源氏物語』を書き出したのです。夫の死や疫病、つらいことがたくさんある中、物語を執筆することによって、冷静な自分でいられるように気持ちを保っていたのでしょうね。

一条天皇の寵愛を得るには

定子が亡くなると、中宮は正真正銘、彰子一人だけとなりました。「これで一条天皇の愛を彰子が独り占め♡」であれば道長も大満足なのでしょうが、そうはいかないのです。一条天皇が心から愛していた定子が二十四歳という若さで亡くなり、一条天皇はその時二十歳です。そして、彰子はまだ十二、三歳。八歳差の夫婦やカップルは現代でも普通にいらっしゃるし、お互い成人していれば、別にそれ以上の年齢差があってもまったく問題ないですが、二十歳の男性にとって十二、三歳の女性は、さすがに女性というよりは少女ですよね。たとえ彰子が当時、既に成人として扱われていたとしても、そして、かわいくても、妹のような「彰子ちゃん」にしか思えなかったでしょう。しかも、定子は才色兼備の二十四歳の大人の女性でした。一条天皇は定子に未練タラタラです。そりゃそうなるだろうな、と思ってしまいます。

定子が生んだ敦康親王は、まだ一歳で母親を失ってしまいました。亡くなる少し前くらいから、定子の妹である四の君（＝御《み》匣《くしげ》殿・当時十六歳くらい）が母親代わりとなり、敦康の面倒を見ます。一条天皇は定子の死後、形見である敦康に会いに、四の君のところへ何度も通いました。四の君は、今はもういない、大好きだった定子の妹です。そして、十六歳。勘のよい人ならおわかりだと思いますが、四の君は懐妊しました。もちろん、一条天皇の子です。彰子ちゃんは十三歳ですから、仕方がありません。仕方がないのですが、それでも、彰子も自分の立場（＝政治のための結婚。父から男の子を生むことをこの上なく望まれている）をわかっているでしょうから、父道長の焦りや苛立ちとかを考えると、いたたまれない気持ちだったのでは……。

ただ、四の君はかわいそうに妊娠中に体調が悪くなり、そのまま亡くなってしまいました。一条天皇もショックだったはずです。定子に続いて、四の君まで出産や妊娠が原因で亡くなったのですから。心中を察するに余りありますが、そんな中、胸をホッとなで下ろした人物もいるでしょうね。言わずもがなの道長です。

四の君に代わり、彰子が敦康を養育することになりました。彰子は敦康のことをきちんとかわいがって育てます。政略結婚させられて、肝心な夫は「妻・女性」として自分に興味がなさそうで、父親からのプレッシャーにさらされる毎日で、そんな中、幼く無垢な敦康の存在は本当にかわいく、心が癒やされたのでしょう。そして、道長も敦康のことを大切にします。ですが、それは下心がありまくりなのです。彰子がなかなか懐妊しそうにありません。そして、もしも懐妊したとしても、男の子が生まれるかどうかはわかりません。そうなると、次に天皇になる可能性が高いのは、一条天皇が心底かわいがっている第一皇子の敦康だからです。幼い頃から敦康を大切にお世話することによって、恩を着せているのです。いざ、敦康が天皇に即位したときに、自分の立場が悪くならないように、すべては計算です。なんかもう、こんなのに振り回されている彰子や敦康が不憫ですが、当時はこれが権力を握る最善の方法ですから仕方がないのです。

さらに、道長は「このままではまずい！」と、どうにか一条天皇に、彰子のもとへたくさん通ってもらえるように策を練ったと考えられます。教養がある一条天皇に興味を持ってもらうために、定子の周りの女房たちが、知的でユーモアセンスが抜群であったことを見習い、彰子の女房にテコ入れすることにしました。身分や家柄にこだわっていましたが、それだと気品はあったとしても、気の利いた言葉をポンポン返したりするのは無理でした。そこで道長は、教養がある女性をスカウトすることにしたのです。この頃、『源氏物語』という面白い物語が巷で人気になっており、貴族の間でも評判で、道長も耳にしていました。そうです！　紫式部に白羽の矢が立ったのです。

父為時は越前から一〇〇一年の春頃（宣孝が亡くなる少し前）に、都に戻ってきましたが、そこからは、また特に仕事がない状態が続きました。ただし、漢学の才能は認められているので、漢詩や和歌を詠むために貴族の家に招かれたりはしており、一〇〇三年に道長の家にも行っています。間に人を介してではありますが、道長は為時に「是非、娘さんに彰子の女房となってほしい」とスカウトしたのです。

紫式部 心の声

みなさん、お久しぶりです！　紫式部です。私のこと忘れられてるんじゃないかと思うほど、私の話題がほぼ出てこなくて、「え？　この本ってたしか私が主役の本であってるわよね!?」とちょっと焦ってたのはここだけの話。

でも、道長様や彰子様の周囲の人間関係や、かなり複雑な事情とか、そういうことはたしかに私を語る上では省けないわよね。いや、「私を語る」とかではなくても、当時の人、特に貴族にとっては、この章でお伝えしてきたことは知っていて当然の内容なの。それらを踏まえて自分の行動も決めて行く、というか。

道長様からの出仕要請、本当は私、乗り気ではなかったの。中宮様のもとで、上流貴族の方と気の利いたやり取りをするなんて、そんなの私みたいな内向的な性格の人間には無理無理無理！　でも……あの道長様からの要請でしょ？　これ、断ったら父も弟も出世のレールには絶対乗れないわよね……。いや、乗れていないのはもともとか。だからこそＯＫすれば、私の身内ってことで、父も弟も便宜を図ってもらえるんじゃないかしら――。そう考えると、少し気持ちが揺らいできたの。

父は越前から戻ってきてからというもの、ちょこちょこ上流貴族の家に漢詩を作りに行ったりとかしているみたいだけど、官職にはつけなくて、きちんとした仕事もなく、なんだか退屈そうなのよね。でも、以前お仕えしていた花山天皇は出家してしまわれたし、もう、父が出世する望みなんてほぼないのは私にもわかるわ。そして、弟の惟規といえば、ホラ、あの弟でしょ？　幼い頃、女である私のほうが先にいろいろ暗記してしまうくらいだったんですもの、あまり漢学の才能は期待できないわよね……。そう考えると、今をときめく道長様からのご依頼よ、これは断っている場合じゃないなって、私もそう判断したわ。私が出仕することによって、父や弟の将来が少しでもよいものになるのなら、やってやろうじゃない！

あ、自己犠牲みたいな書き方しちゃったけど、それだけじゃないわよ。『源氏物語』をよりリアルに執筆するために、宮中の様子が間近で見れちゃうのは、私にとってもプラスだしね。こうなれば、使えるものは全部使わせていただくわ！

コラム

同じくテコ入れでスカウトされた伊勢大輔《いせのたいふ》

伊勢大輔は1008年頃から彰子にお仕えした女房で、紫式部より後輩です。伊勢大輔の父は大中臣輔親《おおなかとみのすけちか》で、祖父は『後撰和歌集』の編者の一人である大中臣能宣《よしのぶ》です。祖父も父も歌人として有名で、伊勢大輔もその血を受け継いでいました。

伊勢大輔が出仕後まもなく、奈良の興福寺から八重桜《やえざくら》が献上されました。この桜を受け取ることになっていたのは、もともと紫式部でしたが、紫式部は新参の彼女にその役目を譲ったのです。花を持たせるためか、イジメ的なむちゃぶりなのか……、前者だと思っておきたいところです。その際、傍にいた道長から歌を詠むように命じられて、即詠んだのが百人一首にも採られている次の歌です。

いにしへの　奈良の都の　八重桜
けふ九重《ここのえ》に　にほひぬるかな

（訳 古都の奈良の八重桜が、今日は京都の九重〔＝宮中〕で美しく咲き誇っています）

彰子をはじめ、その場にいた皆が大絶賛!!

伊勢大輔は見事に大役を果たしたのです。

3章

紫式部の出仕生活

ドキドキの初出仕。キャラ設定は「おっとり」で！

紫式部が初めて宮中に参上したのは、十二月二十九日の夜でした（年ははっきりとはわかっていませんが、一〇〇四年～一〇〇六年頃と考えられています）。紫式部は宮仕えに承諾はしたものの、いざ迎えの車が来ても実感がなく、夢の中の出来事ではないかと思うくらいだったようです。

ところで、ずっと「紫式部」と書いていますが、これ、実は本名ではありません。本名は不明です（昔の女性あるあるです。女性で名前が伝わっているのは、天皇の妻などの高貴な女性で、それですら漢字だけで、読み方は定かではありません）。女房名は通常、父親や兄弟、夫などの官職名に絡めてつけられます。紫式部は最初「藤《とう（の）》式部」という女房名で、父藤原為時が花山天皇の御代に「式部の丞《じょう》」だったことから名づけられたようです。その後、『源氏物語』があまりにも有名になり、ヒロインの一人「紫の上」の「紫」をとって、「紫式部」と呼ばれるようになったのです。

さて、出仕を開始した紫式部ですが、宮仕えにあまり乗り気ではなかったのと、もともと社交的ではない紫式部は、先輩女房たちとギクシャクしてしまい、その空気感に耐えられなかったのか自宅に帰ってしまい、そのまま半年くらい出仕拒否状態になります。現代で言えば、新入社員が三日で来なくなった、みたいなものに近いと思われます。ただし、紫式部の場合、辞めたわけではないのです。現代なら、正当な理由もなしに、半年も勤め先に来なくなればクビになると思われますが、かなり自由な感じの勤務体制（?）だったのです。文才を買われてのスカウトですから、そのあたりは優遇されていたのかもしれませんね。ですが、この「文才を買われてのスカウト」の噂が、そもそも先輩女房たちを刺激していたのです。「今、話題になっている、あの『源氏物語』の作者が女房としてやってくる」と聞いた先輩女房たちは、戦々恐々としたことでしょう。ベテラン女房&いいとこのお嬢様集団である自分たちとは違う、得体のしれないタイプの人間が来るのです。「さぞかし上から目線の偉そうな女が来るに違いない」とかまえていたのです。現に、少しうちとけた頃に、同僚女房たちから「あなたがこんな人だなんて思ってもいなかったの。『すごく気取っていて、近寄りがたくよそよそしい感じで、物語好きな由緒ありげな感じを醸し出して、何かあれば歌を詠んで、人を人とも思わず見下すような女のはずよ！』って、みんなで予測して毛嫌いしていたのよ。実際会ったらびっくりするほどおっとりしているから、別人だろうと思ったくらいよ」と言われたようです。

ただし、この「おっとり」は、実は紫式部の意図的なキャラ設定なのです。みんなしっかり騙されてくれたようですね。

紫式部は、「自分が不機嫌だからといって、それを態度に出してしまうのは、周囲の人間にも不快感を与えてしまう」と考え、自分の思い通りにしても別におかしくないようなことさえも、実家の使用人の前ですらしないようにしていました。こんな性格の紫式部ですから、先輩女房たちに言いたいことがあっても言えないのは、想像に難くありませんよね。

紫式部 心の声

ちょっといいかしら。ここでは遠慮は不要だと思うので、本音で語らせていただくわね。「言えない」というよりかは、わざと言わなかったのよ。言ってもわからないような人に言っても無駄でしょ？　その労力を考えるとね、もう面倒くさいの。でも、こんな風に思っているなんてそれこそ言えないから、何も言わない私のことを「気後れしている」と誤解してしまう人もいるみたいで。正直、しょうがないから一緒にいてあげているだけのことすらあるわよ。気後れなんかじゃなく、煩わしいだけ。だから、わざと何もわからないような抜けている人間、そう、ボケに徹したのよ。それをみんなが「予想とは違っておっとりしていた」と言ってくれただけ。最初これを聞いたときは、「うわ～、私、こんなにもおっとりした人間って思われてるの!?　見下されてしまったな」って思ったわ。とはいえ、これが自分で決めたキャラ設定だし、しかも彰子様まで「あなたとは仲良くなれないだろうと思っていたけれど、他の人よりももっと仲良くなったわね」なんてちょくちょくおっしゃるのよ。

やっぱり、「反感を買わない」に越したことはないわね！　おっとり上等!!

紫式部の「おっとりキャラ設定」は徹底していました。幼少期に弟惟規よりも早く漢文を理解した紫式部ですが、とある人が「漢文が必要な男性でさえ、漢学が得意だと自慢するのはいかがなものでしょうか。そういう人は栄達しないようです」と言うのを聞いてからは、「一」という漢字すら書かなくなったそうです。これまたオーバーな……と思いますが、それほど徹底していたのです。そして、昔に読んだことがある漢文の本なども、人前では目にも止めなくなっており、屏風の上に書かれている漢文でさえ、何もわからない顔をしていたのです。

実家に戻った際にも大量の漢文の書籍があるので、退屈でたまらないときに一、二冊引き出して見ていたところ、使用人たちが集まって、「ご主人さま〈＝紫式部〉はこんなんだから幸せが少ないのよねぇ。どうして女が漢文なんて読むのかしら。昔は女が御経を読むことさえ、人は制したのに……」と陰口を言いました。それを聞いた紫式部は、「そういう縁起をかつぐ人間が長生きをするようだなんて、見たためしがありませんけどね」などと言ってやりたくもなったようですが、思いやりがないことはすべきではないと考え、そして、夫が若くして突然亡くなったり、父親も出世の見込みがなさそうだったり、「たしかに不運なのは不運だな」と、言い返すことはなかったようです。ですが、このように内心ではけっこう反論していて、なのに、言わずに抱えていたのです。よって、根っからの内気な性格で、自分の意見もなく人の言いなりのような、そういう控えめな感じではまったくなく、内心は強気で、しかも「面倒くさい、煩わしいから言わない」という、「おっとり」とは言い難い性格です。「おっとりキャラ」はあくまで計算して演じているため、一筋縄ではいかない、良く言えば思慮深い、悪く言うとけっこうこじらせちゃっている、そんな紫式部です。

なんなの、そのあだ名！　でも、実はこっそり……

『源氏物語』は相変わらずの大評判で、なんと一条天皇も、人に読ませて聞いているほどでした。そして、聞きながら、「この作者は、あの漢文で書かれている『日本書紀』を読んでいるようだね。本当に学識があるなぁ」とおっしゃったのです。聞いただけでそれを判断できる一条天皇も、かなりの教養がありますよね。そんな一条天皇から激ホメされた紫式部も、やはりすごいのです。一条天皇のこの褒め言葉を聞いた、左衛門《さえもん》の内侍《ないし》という人物がいました。この左衛門さん、紫式部のことがどうにも嫌いだったようで、紫式部は身に覚えのない意味不明な不快な陰口をたくさん言われていたのですが、そんな左衛門さんに聞かれたものだから、さあ大変！　左衛門の内侍は殿上人《てんじょうびと》（＝天皇が昼間過ごす清涼殿《せいりょうでん》の隣の「殿上の間《ま》」に入ることが許された男性）たちに、「あの人って、とっっってても漢文の才能があるんですって」と嫌味な感じで言いふらし、「日本紀《にほんぎ》の御局《みつぼね》」という変なあだ名を紫式部につけたのです。一条天皇は教養があり、学識がある紫式部のことを本当に称賛しているのですが、当時の一般的考えとしては、紫式部の使用人たちも言っていたように、漢文は男性がすべき学問であって、女性は距離を置くべきものでした。紫式部も、その通念はわかっているので、「人前では漢文なんて読めないふりをしているのに！　―という文字さえ書かないように気をつけているのにっ！　実家の使用人の前でさえ遠慮しているのに、よりによって宮中で漢学をひけらかすわけがないでしょ‼」と内心左衛門にブチギレでした。

そんなことがありつつも、実は紫式部、皆に隠れてこっそりと彰子に漢文を教えています。もちろん自分から彰子に、「漢文を教えて差し上げますわよ」なんて上から目線で言ったわけではありません。彰子直々のお願いだったのです。当時、日本でも大流行していた、唐の詩人白居易《はくきょい》の詩集『白氏文集《はくしもんじゅう》』の所々を、紫式部に読ませたりしていました。彰子が、漢文の勉強をしたかったのです。何のため？　一条天皇に少しでも振り向いてもらおうという気持ちからではないでしょうか。入内してからだいぶ経つのになかなか妊娠できそうにない自分、父親からの言われなくてもひしひしと感じるプレッシャー、定子が亡くなり「中宮」は自分だけになったにもかかわらず、相変わらず女性として見てもらえていないような状況、そんな中、気晴らしに外に遊びに行ったりすることも簡単にはできない立場で、ただただ宮中で過ごすしかない毎日。そんな日々を暮らす中で、彰子なりにいろいろと考えていたのです。どうしたら一条天皇に振り向いてもらえるのか。定子と自分は何が違うのか。定子の代わりにはなれなくても、自分にできることは何か。そして、定子軍団が知的で明るい雰囲気であったらしいこと、一条天皇は教養があり漢籍にも興味があること、自分の周囲はお嬢様集団のようなおしとやかな雰囲気であること、それらを全部踏まえて出した結論が、「自分が漢文を勉強しよう」だったのでしょう。わずか十一歳で宮中に放り込まれて、親の都合で男の子を生むことだけを期待されまくり、長年それを叶えられずにプレッシャーに押しつぶされそうな中、一条天皇に釣り合う女性になれるように、自分で努力をして中身を磨こうとする姿勢、もう、感動しちゃいますね。ちなみに、彰子は紫式部より十五歳年下です。そんな年下の中宮の素晴らしい姿勢に、紫式部もきっと感動したことだと思います。だから、あれほど人前で漢文を読むことを控えている紫式部も、彰子には惜しみなく教えたのでしょう。ただし、漢文を教えていることを知られたくないので、他の女房たちがいない間に極秘で教えたのです。『白氏文集』の中から「楽府《がふ》」（新楽府）という二巻をテキストに選びました。「新楽府」は、皇帝・臣下・民衆のために、よりよい政治、よりよい世の中になるように書かれたもので、内容そのものに重きを置いており、修辞技法（＝言葉を使って工夫をしたり、言葉遊びのようなもの）は意識されていません。よりよい治世にするために作られたもので、文学のために作られたものではないのです。当時の貴族たちの間で、『白氏文集』の中で特に人気だったものは、玄宗《げんそう》皇帝と楊貴妃《ようきひ》の悲恋が描かれた「長恨歌《ちょうごんか》」などでしたが、一条天皇のお気に入りは「新楽府」のような性格の詩でした。紫式部はそれを把握しており、彰子が漢文の勉強をしたい理由も推測した上で、そのテキストをチョイスしたのです。

この漢文講義は、紫式部はもちろんのこと、彰子も極秘にしたかったようです。口さがない人たちに、「一条天皇に振り向いてほしくてアピール必死じゃん」とか陰で言われる可能性もありますし、彰子も当時の通念はわかっているわけで、女性のトップ（?）である自分がそんなことをしていれば、それこそ何を言われるかわかりません。隠れてこっそりと努力をしたかったのです。なのに、壁に耳あり障子に目あり。

どこからどう漏れたのか、道長にも一条天皇にも気づかれてしまいました。ですが、「女が何をやっているんだ！」なんて怒ることはなく、道長は他の漢籍なども書家に書かせて彰子にあげたりまでしました。なぜ彰子が漢文の勉強をしているのか、道長もちゃんとわかっているのでしょう、もちろん「パパも応援しちゃうよ‼」ですね。

ちなみに、この極秘講義は、あの左衛門さんの耳には入っていなかったようです。良かったですね。紫式部も「**あの人に知られたら、もうホントに、何言われるか。絶対に悪口を言われるにきまってるわ。本当に、なにかにつけて憂鬱ね……**」と『紫式部日記』に書いています。

ついに、ついに念願が！

彰子のこの涙ぐましい努力が一条天皇の心を動かしたのか、彰子、ついに懐妊しました！　そして、なんと男皇子出産‼　一〇〇八年九月に出産したので、入内から九年目にしてようやく念願が叶いました。道長の喜びようは半端ないものでした。実は道長、一年前の八月に息子頼通《よりみち》や僧侶たち、たくさんの家臣とともに金峯山《きんぷせん》（現・奈良県吉野山から山上ヶ岳《さんじょうがたけ》にかけての一帯）に参詣しています。（山上ヶ岳の）山上での祭儀の日、道長は最初に妊娠安産の神が祀られている「小守三所」（子守三所）に、お参りと奉納をしたようです。それ以外に厄除けのお祈りもしたようですが、こんな大がかりな子宝祈願をされた一条天皇と彰子、相当なプレッシャーだったと思われます。彰子の努力だけではなく、たぶん、こっちが一条天皇を急き立てたのだろうと感じてしまいますが、なんであれ、無事男皇子を出産できた彰子はどれだけホッとしたことでしょう。こうして、道長の金峯山参詣作戦は大成功を収めたのです。

懐妊がわかると、道長は「彰子の出産記録を残しておこう」と考えました。その記録を紫式部に書くように依頼し、そうして『紫式部日記』ができたのでは、と考えられています。道長はもともと『源氏物語』を高く評価しており、文才を見込んで彰子の女房にスカウトしています。「道長が紫式部に出産記録を依頼したのでは」という説があってもおかしくはありませんね。

次のエピソードは、『紫式部日記』の年月不明箇所の中の一つなので、時期はいつ頃のことなのかわかりませんが、道長が『源氏物語』を読んでいたことがわかるエピソードです。

『源氏物語』が彰子様の前にあるのを、道長様がご覧になって、いつもの戯れごとなどをおっしゃるついでに、梅の実の下に敷かれている紙に書きなさった（歌）。

すきものと　名にし立てれば　見る人の　折らで過ぐるは　あらじとぞ思ふ

（訳）酸っぱいけど美味しいものである梅の実と知られているから、折らないでそのまま通り過ぎる人はいないだろうね。そして、『源氏物語』の作者であるお前は「男好き・浮気者」と評判だから、口説かないでそのまま見過ごす男はきっといないだろうと思うよ）

和歌中の「すきもの」には、「酸き物」（＝酸っぱい物）と、「好き者」（＝男好き・浮気者）が掛けられています。また、「折る」には「梅の枝を折る」の意味と、「口説く・女性を手に入れる」の意味が掛かっています。この和歌をもらった紫式部は「心外だ！」とばかりに、次のように返歌をしました。

人にまだ　折られぬものを　誰《たれ》かこの　すきものぞとは　口ならしけむ

（訳 梅はまだ人に折られていないのに、誰が酸っぱい物だと口を鳴らしたのだろう。そして、私はまだ男性になびいたことなんてないのに、誰が「男好きだ、浮気者だ」なんて言いふらしたのでしょうか）

「口ならし」には、「酸っぱくて唾が出て口を鳴らす」の意味と、「言いふらす」の意味が掛かっています。二人ともさすがですね。即座に遊び心をいれた和歌が詠める―現代の大喜利のような感じでしょうか、頭の回転の速さが素晴らしいですね。

紫式部 心の声

道長様ったら、私のことを「好き者」だなんて！　『源氏物語』を読んでくださっていることは嬉しいけれど、あの中の恋愛話はあくまでも物語。空想の世界よ。実体験じゃないわ。道長様は、私のことを「軽い女」と思ってらっしゃるのかしら。「アイツは男好きだから、簡単に落とせる」なんて思われていたならば、ショック過ぎだわ。「これはきちんと訂正しておかなきゃ！」って、即反論したの。「男性になびいたことなんて一度たりともないわ」って。え？　何？　結婚もしていたことがあり、現に娘がいるクセに何を言ってるんだって？　フフ、それはそれ。
それにしても道長様ったら、こんな口説くような手紙を彰子様の前で渡してくるんだから、困った人ね♡

この続きに、もう一つこんなエピソードもあります。

渡り廊下にある部屋で寝ていた夜に、「戸を叩く人がいるな」と、その音を聞い

てはいたけれど、恐ろしさに返事もしないで、夜を明かしたその翌朝（道長様から届いた歌）、

夜もすがら　水鶏《くいな》よりけに　なくなくぞ　真木の戸口に　たたきわびつる

（訳 一晩中、水鶏がコンコンと鳴くが、それよりもっと私は泣く泣く槙の戸口を叩き困っていたのだよ）

（私がした）返歌は、

ただならじ　とばかりたたく　水鶏ゆゑ　あけてはいかに　くやしからまし

（訳 ただ事ではないというほどに鳴いている水鶏でしたね。ただではおかないと言わんばかりに戸を叩くので、戸を開けたら夜が明けた後、どんなに後悔することになったでしょう）

水鶏は「コンコン」と鳴き、戸を叩く音に似ていたようです。「なく」には「鳴く」と「泣く」、「たたく」には「水鶏が鳴く」と「戸を叩く」、「とばかり」には「と

言わんばかり」と「戸ばかり」、「あけて」には「戸を開けて」と「夜が明けて」の意味が掛かっています。

ところで、先ほどの「口説かずに見過ごす男はいない」と詠みかけた和歌も、このエピソードも怪しくないですか？　何がって？　夜に女性の部屋を訪れるなんて、ただの雇い主と女房だけの関係ですか⁉　戸は開けていないようですが、めちゃくちゃ怪しい！　実は「紫式部は道長の愛人だったのでは」という疑惑があるのです。『紫式部日記』の冒頭あたりにもこんなエピソードがあります。

渡り廊下の戸口の部屋から外を見ると、うっすらと霧がかかった朝、葉の上にある露が葉からまだ落ちない頃に、道長様が庭を歩きなさって、家来をお呼びになって、遣水《やりみず》〈＝庭に水を導き入れて作った人工の小川〉のゴミを払わせなさっている。橋の南側に咲いている、まさに花盛りの女郎花《おみなえし》を一枝折りなさって、私の部屋の几帳《きちょう》〈＝移動式カーテンみたいなもの〉の上から差し出しなさった道長様のお姿が、本当にこちらが恥ずかしくなるほど立派で、私の寝ぼけた顔がどれほど見苦しいかと思い知らされていたところ、「この花の歌、遅くなってはよくないだろ？」と道長様がおっしゃるのにかこつけて、奥の硯のそばに寄った。

女郎花　盛りの色を　見るからに　露の分きける　身こそ知らるれ

（訳）女郎花の盛りの美しい色を見るにつけても、露が分け隔てをして私のところにはおりてくれず、盛りを過ぎた見苦しい自分を思い知っています）

道長様は「おっ、早い！」と微笑んで、硯を取り寄せた。

白露は　分きても置かじ　女郎花　心からにや　色の染むらむ

（訳）白露は分け隔てなんてしないよ。女郎花は自分が美しくなろうと思う気持ちから美しい色に染まっているのだろうね。お前も心がけしだいで美しくなれるんだよ）

ただの雇い主と女房と言われたらそうかもしれない、なんとも言えない微妙な感じですが、怪しいと言えば怪しいですね。

実はこれと同じ和歌のやりとりが『紫式部集』にも掲載されています。ただし、その詞書《ことばがき》（＝その和歌を詠んだ成立事情）がちょっと違っています。『紫式部集』では、「庭にたくさんの花がいろいろ咲いていて、その中から道長は女郎花を選んだ」となっており、家来もいません。そして、花をあげながら言うセリフも「遅くてはよくない」ではなく、「ただに返すな」と内容重視なのです。返事の速さだけであれば、女房としての資質が問われていると考えられますが、『紫式部集』ではそうではないのです。

どっちが本当なのか、今となっては本人には聞けませんが、『紫式部日記』は「日記」ですが、道長から依頼された「中宮彰子の出産記録」がメインで公になるはずのものです。それに比べると、『紫式部集』は自分が編集した自分の歌集です。前者では、いろいろな人の目を気にして、あくまでも「雇い主と女房の関係です」となるように、でも「匂わせちゃおう」とも思っていたかのような書きぶりです。『紫式部集』は人の目は気にしなくてもよいので、たぶんこちらが事実に近いのかな、と。ですが、おもいっきりプライベートだからこその妄想が入っているのであれば、真実はわかりません。本当のところは、この二人にしかわからないのですが、『尊卑文脈《そんぴぶんみゃく》』という後世に書かれた系図集の紫式部の項に「御堂関白道長妾」（＝道長の愛人）と書かれてはいます。ただし、これも正しいかどうかは不明なのです。そう、結局は不明、です。

紫式部 心の声

さっきから黙っていれば、何を好き勝手なことを！　そんな、道長様が私となんて、そんなことがあるわけないじゃない！

たしかに当時は、愛人が何人いようが別に悪いことではないし、しかもあんなに素敵な道長様だもの、道長様に気にかけてもらえたならば、愛人であろうが断る人なんていないと思うわ。そんな女性がいるなら見てみたい——って、私は別に愛人じゃないわよっ、違うんだからっ！　違……

とにかくブルーな私です

彰子が無事皇子を出産し、めでたい雰囲気が溢れている道長周辺ですが、彰子出産前後の詳しい内容は5章で見ていくとして、ここからは彰子出産後、十一月中旬頃に暇《いとま》をもらって実家に退出した紫式部を追っていきます。

彰子が男皇子を生んだことは、紫式部にとっても喜ばしいことでした。なんてったって、彰子の涙ぐましい努力をそばで見てきていますからね。ですが、それとは別で、紫式部は数年来、どうしようもなく物思いに沈んで日々を過ごしていました。花の色を見たり、鳥の声を聞いたり、春秋にめぐる空の様子や、月の光、霜、雪を見ては、「この季節がやってきたのだなあ」とだけは意識しつつも、内心ではそんなことよりも「私はこれからいったいどうなってしまうの……」という将来の不安ばかりが押し寄せていたのです。

出仕する前は、ちょっとした物語などについて意見交換をして、共感できる人とは文通したり、少し疎遠な人をつてにしてでも声をかけたりしていました。そうして、ただただ「物語」をいろいろと扱って、退屈さを慰めていたのです。「私なんてこの世に必要な人間だと思えない」なんて思いつつ、さしあたって「恥ずかしい、つらい」と思い知るようなことは避けてきていました。ですが、出仕後「完全に思い知った我が身のつらさだわ」と、実家にいながらあらためていろいろ考え、憂鬱な気分満載になってしまいます。

紫式部 心の声

こんな気分をなんとかしようと思って、試しに自分で書いた『源氏物語』を手に取って見てみたの。そしたら、かつて見たときのように思えず、驚きあきれたわ。

以前、物語に共感しあって文通していた人たちも、今では出仕した私のことを、とてつもなく厚かましく浅はかな人間だって軽蔑していると思うの。そして、そんな風に邪推してしまうことも恥ずかしくて、もうこんな状態で手紙なんて出せないわ。
　奥ゆかしい人間でいようって思っている友人は、「宮中に勤めている女房なんて、プライベートゼロだろうから、手紙だってきっと盗み見されてしまう」って疑ってるだろうし、そんな人に私の気持ちなんてわかるわけがないわ！　そう、誰も私の気持ちなんてわからないのよ。そんな人たちと何を語り合っていいのかもわからないし、別に絶交したわけじゃないけど、連絡なんてもうできないわ。それに、私が宮中に出仕してからは、「家に行っても、どうせいないだろう」と思われていて、訪れてくれる人だって誰もいないの。だから、せっかく実家に帰ってきても、以前とは別世界に来たような気持ちがして、全然落ち着かないの……。

　実家にいるのに、負のループに陥ってしまい、どんどんブルーになっていくのです。出仕当初は人間関係に悩み、半年間自宅に籠って出仕拒否をしていたにもかかわらず、今や彰子のもとで一緒に働いて、仲良く話をする同僚たちのことのほうが、少し慕わしく思ってしまったようで、紫式部は、そんな風に気づかないうちに変わってしまった自分にも唖然としてしまいました。

人間、変わらない部分もあるでしょうけど、環境によっていくらでも考え方は変わっていくわけですから、「こんなにいろいろと思い悩まなくてもいいのに」と傍から見ていれば思ってしまいますが、これが紫式部の性分なのです。いろいろと相手の気持ちを勝手に推測しては、自分が行動することをやめてしまい、心の中で一人で悩みをためていくのです。自分が仕えているご主人様が皇子を生み、主家が栄えていくことが予測できるほど華やかな状態にいるにもかかわらず、紫式部の心の中は、そんな華やかさとは一線引いています。嬉しい出産記録であるはずの『紫式部日記』には、けっこうな頻度でブルーな紫式部の心情が書かれています。

ちなみに、没落していった定子に仕えている清少納言は、没落している中ででも、『枕草子』の中では明るく華やかな定子やその周辺のことを書き続けました。明るさ満々だけど、本当は没落している清少納言。繁栄して絶頂なのに、憂鬱で仕方がない紫式部。この二人、本当に対照的ですね。

彰子のもとで働いている同僚が恋しくなった紫式部は、大納言の君という毎晩彰子の近くに臥して話をしている女房に次のような手紙を出し、返歌がきました。

浮き寝せし　水の上のみ　恋しくて　鴨の上毛《うわげ》に　さえぞ劣らぬ

（訳 水鳥が水の上に浮いて寝ているように、女房たちが彰子様の前で仮寝をしていたことが恋しく思われて、一人寝の寒さは、鴨の上毛の霜の冷たさにも劣らないです）

うち払ふ　友なき頃の　寝覚めには　つがひし鴛鴦《おし》ぞ　夜半《よわ》に恋しき

（訳 鴛鴦《おしどり》が上毛の霜を払い合うような友だちがいないこの頃は、夜中に目が覚めて、一緒にいた相手を恋しく思う鴛鴦のように、私も夜に一緒に仮寝をしていたあなたがいなくて恋しいですよ）

紫式部は、「和歌自体も書き方も本当に素敵で、素晴らしい人だな」と思います。やはり彰子のもとでの生活が、馴染みの一部となってしまっているのでしょうね。他の女房たちからも手紙が届き、なんと道長の奥様倫子《りんし》からも「『すぐに戻ります』と言っていたのに、嘘なのね？　実家に戻ってからだいぶ日数が経ったようだけど」と手紙があり、恐縮した紫式部は彰子のもとへ帰参しました。

五節の舞姫

十一月の中の卯《う》の日に「新嘗祭《にいなめまつり》」という、天皇がその年の新穀を神にお供えし、自らも食す宮中の祭事があります（天皇即位後の初めての新嘗祭は「大嘗祭《だいじょうさい》」といい、一代一度の大切な祭事です）。新嘗祭・大嘗祭で、舞姫たちによって演じられる舞楽の行事を「五節《ごせち》」といいます。彰子が出産した年の五節は、十一月二十日～二十三日にかけて行われました。この年の舞姫として、次ページの四人の娘たちが選ばれました。

選ばれし五節の舞姫

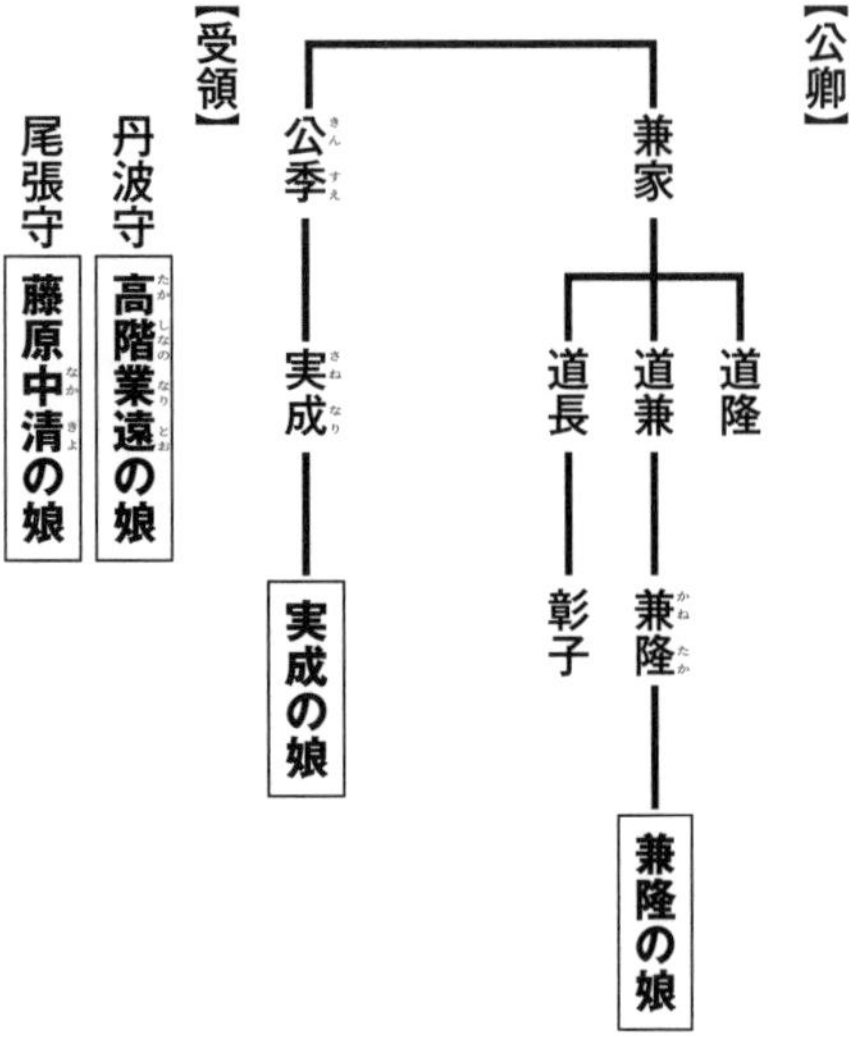

五節の舞姫は、公卿（＝上達部）から二名、受領から二名の合計四名が選出されます。

ただし、大嘗祭の場合は、公卿から三名、受領から二名の合計五名となります。

今回は新嘗祭のため、**上記四名**が選ばれました。公卿側の二名はともに彰子と関係性が深く、日ごろから交流がありました。

二十日（丑《うし》の日）、舞姫たちは宮中に参入しました。「帳台《ちょうだい》の試《こころ》み」（＝常寧殿《じょうねいでん》にて天皇の前で実施されるリハーサル」が行われるためです。

灯火が隙間もなくズラッと灯されて、昼よりも明るい中を、舞姫たちが歩いて入ってくる様子を見た紫式部は、「うわ〜、よくあんな平然とできるものだわ」とばかり思ってしまいながらも、他人事とも思えませんでした。灯火がないだけであって、日々女房として男性貴族たちと向かい合ってやり取りをしている自分も同じだと、この晴れ舞台の時にも、自分の立場と重ねて憂鬱になるのです。それでも、各舞姫たちのお世話役の女房たちの衣装や背格好、様子などをすら、詳しく観察して記録しています。ちなみに、実成の娘のお世話役の女房は十人いて、現代風で格別だったようです。

翌二十一日（寅《とら》の日）の夜は、「御前《ごぜん》の試み」（＝清涼殿にて天皇に舞を披露すること）が行われ、彰子も皇子と一緒に見に行きました。

そんな中、紫式部はというと「面倒くさいし、ちょっと休もう」と晴れ晴れした行事からも距離を置きます。さすが紫式部。「様子を見て参上すればいっか♪」と思っていたところ、他にも行事に参加していない二人がいて「すごく狭くて、どうせちゃんと見えませんわ」とか言っていたときに、道長がやってきたのです！　道長が「なんで、こんなとこで過ごしてるんだ⁉　さ、一緒に行くぞ！」と急き立てたため、不本意ながら参上しました。見ながらの感想も「素晴らしい舞だなぁ」なんてものではなく、「舞姫たち、苦しいだろうな……」と、どこまでもマイナス思考な紫式部です。ですが、尾張守中清の娘が、本当に気分が悪かったようで途中で退場したので、マイナス思考だけではなく、ちゃんと観察していたということでもありますが。そんなこんなで御前の試みは終わりました。

翌二十二日（卯の日）の夜がいよいよ本番ですが、日中には、天皇が舞姫たちの付き添いの童女《わらわ》たちを、清涼殿に呼んでご覧になる「童女御覧」という行事があります。童女たちの緊張は、それはもうとてつもないでしょうね。しかも、この年は美しさをより競い合っていた年だったそうで、紫式部も珍しいことに「早く見たい」と思うほどでした。ですが、童女たちが並んで歩いて出てくるのを見ると、紫式部はどうしようもなく胸が苦しくなり、気の毒で仕方がなくなります。陰もない昼間に、顔を隠すための扇も持たせてもらえず、たくさんの男性貴族が見ている中、「人に負けまい」と競う気持ちもどれほど怖気《おじけ》づいているだろうと、無性に気の毒に思ってしまい、そんな自分が我ながら偏屈だと自己反省をします。ですが、その反省の中で、童女たちの衣装や容姿を、やはり細かく書き記してもいるのです。憂鬱な気分になり落ち込む中でも、細やかな観察は忘れない。道長に依頼された仕事として、きちんと「記録係」の役割をこなそうとしていたのでしょう。

下仕えの童女の中にとびっきりの美人がいて、蔵人が、天皇がご覧になれるように扇を取ろうとして近づくと、童女は自分からサッと扇を下ろして投げて渡しました。それを見ていた紫式部は、「気が利いて健気《けなげ》ではあるけれど、あまりにも女性らしくないわ〜」と思ってしまいます。ですが、もし自分も同じように「人前に出ろ」と言われたら、きっと緊張してフワフワしてしまうだろうな、とも思いながら見ていました。

紫式部 心の声

童女のこと批判しちゃったけど、自分だって女房としてこんなふうに人前に出て仕事をするなんて思ってもいなかったのに、私も変わっちゃったわよね。

きっと今後ももっと厚かましくなって、女房という仕事にも慣れに慣れまくって、顔をさらすことなんてへっちゃらになってしまうのだわ。私自身の将来の様子が夢のように思い続けられて、女房の末路なんて、もうあってはならないようなおぞましいことまで想像しちゃって、私、ゾッとしてしまったの……。

そんなことを考えていたら、いつものことだけど、華やかな行事だって、もう目には入らないのよね。はぁ～～、私って、どうしていつもこうなのかしら……。

藤原実成の娘の控室は、彰子の御座所からすぐ見える場所でした。簾の端も見えるくらいの場所で、人の話し声もほのかに聞こえる距離です。

そんな中、藤原兼隆が「あの弘徽殿《こきでん》の女御の所に、左京《さきょう》の馬という女房が、すごく慣れた感じで一緒にいたね」と言い出しました。弘徽殿の女御とは、実成の姉義子《ぎし》のことです。

源雅通も左京の馬とは顔見知りで、「この間の夜、実成の娘さんのお世話役で、理髪係として座っていた中の東側にいたのが左京だったよね」と言いました。左京の馬を知っている女房たちがこの話を聞いて、「それはおもしろいわねぇ」と口々に言い

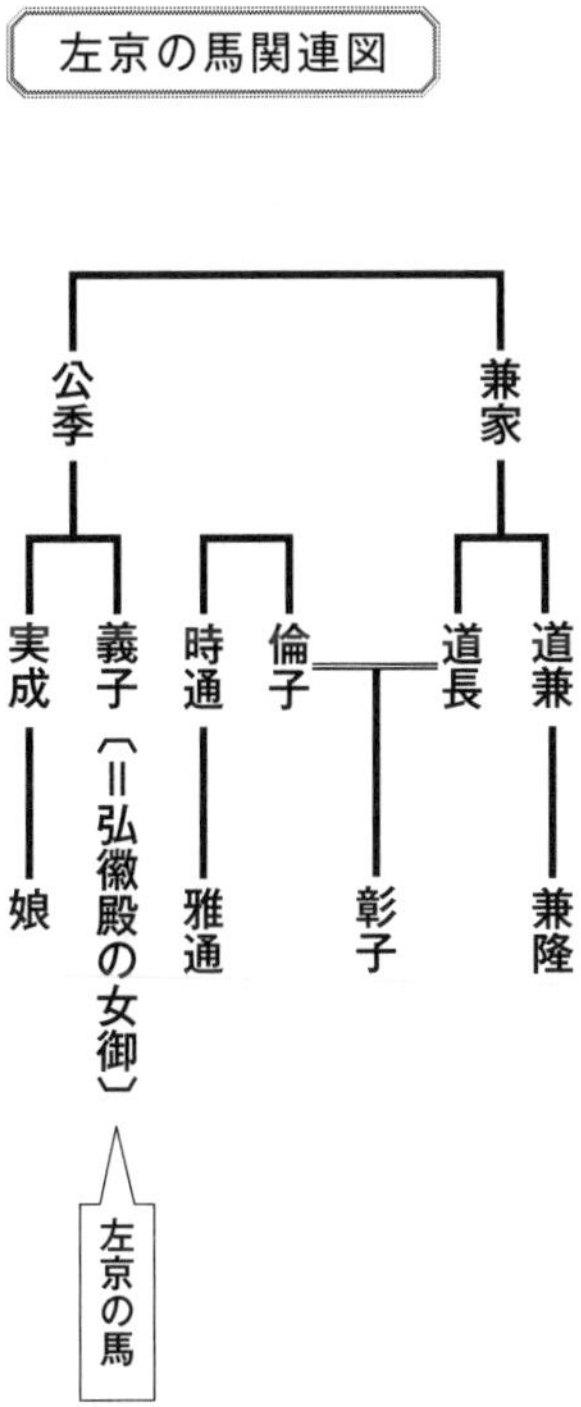

出し、「さあ、知らん顔ではいてられないわ。昔、奥ゆかしそうに振る舞っていた宮中に、理髪係なんかで出てくるなんて笑っちゃうわ。隠れてしているつもりなんだろうけど、こっちは気づいていることわからせてやらなきゃね♪」と言い出したのです。
なんだか不穏な空気ですね。女房たちは、彰子のところにたくさんある扇の中から、蓬萊《ほうらい》の絵が描かれているものを選び、それを左京の馬に贈ることにしたのです。

紫式部 心の声

理髪係、現代ではとっても素敵でオシャレな仕事よね！　でも、私の時代では下働きがすることなの。下働きだからって、見下していいわけではないこともわかってるんだけど、この左京の馬さんの性格があまりよろしくなかったのか、みんなから反感買っちゃってたみたいで……。

ナゼ蓬萊の絵を選んだのか、どういう意図で左京の馬に贈ったのか、きっとわからないわよね。蓬萊は「新楽府」、ほら、私が彰子様にこっそり教えている白居易の詩集よ、それの「海漫漫《かいまんまん》」の中に次のような話が載っているの。

蓬萊島という伝説の島にある山に、不老不死の薬草が生えていて、それを飲むと仙人になれるという。ただし、「蓬萊」がどこにあるのか誰も知らない。若い男女が舟に乗って蓬萊島を探しており、見つかるまでは帰れなくて、結局、舟の中で老いていくという話。

これを踏まえてわざわざ「蓬萊」の絵を選んだのだとすると、「あなたも気づけば老いましたね」という嫌味よね。でも、今お伝えしたように、漢文がもとになっているから、左京の馬にこの嫌味が通じるのかどうかはあやしいと思うわ。きっと左京の馬本人にはわからないいんじゃないかしら……。無知のほうが幸せってこともあるわよね。羨ましくもあるわ。マウント？　何ソレ？？

プレゼント用に箱を飾り、背の部分が反っている櫛なども添えました。それを見ていた兼隆や雅通が、「左京の馬さんは少し女盛りが過ぎた年輩の方だから、櫛の反り具合が不十分だね」と言って、今風で両端がくっつきそうなくらい反ったダサい形にしたのです。ちなみに、櫛の背を反らせるのは若者用でした。よって、ここまでみんなで楽しみながら嫌味なことをしているのは、もうイジメですよね。

事情をよくわかっていない彰子は、「もっと趣があるようにして、扇もたくさん差し上げたらどうかしら」と言い、悪意にまったく気づいていなかったと書いています。女房たちは「仰々しいのはかえって合わないです。プライベートな贈り物なので大丈夫です」とごまかして、相手側がよく知らない者にこのプレゼント（?）を届けさせました。「中納言の君からのお手紙です」と偽名を使い、さらに「弘徽殿の女御様から左京の君（＝左京の馬）への贈り物とのことです」と嘘をついて届けました。

女の職場のいじめ、こんな昔からあるのですね。その様子を記録として残した紫式部もすごいですが、彰子が悪者にならないように配慮をしていることはさすがです。

年末の一大事件

彰子が皇子を出産した年末、紫式部は暇《いとま》をもらってしばらく実家に退出しましたが、十二月二十九日にまた宮中に参上しました。十二月二十九日、それは、紫式部が初めて宮中に出仕した日と同じですね（76ページ）。「あの時は夢のような気持ちだったなぁ」と振り返り、「今はもうすっかり仕事にも慣れてしまったのが、我ながら嫌だわ」と思いました。若い女房たちが、「やっぱり宮中は違うわ♪　実家ならもう寝てるけど、寝つけないほど殿方たちが来るんだから♡」なんてキャピキャピしているのを横目に、紫式部はこんな和歌を一人で口ずさんでしまうのでした。

年暮れて　わがよふけゆく　風の音《おと》に　心のうちの　すさまじきかな

（訳 年も暮れて、私の人生も老いていくわ。夜が更けて吹いている風の音を聞くと、私の心の中も風が吹きすさんでいて、寂しく感じるわ）

さて、事件が起こったのは大晦日の夜。鬼を追い払う「鬼やらい」の行事も終わり、紫式部は部屋でちょっとしたお化粧などをしてくつろいでいました。弁《べん》の内侍《ないし》がやってきて雑談をして寝てしまい、他に内匠《たくみ》の蔵人や童女のあてきちゃんなどが同じ部屋にいました。その時、彰子がいるほうから「キャーっ」という悲鳴が‼　弁の内侍を起こしても、すぐには起きてくれません。人が泣き叫んでいる声が聞こえてきて、恐怖のあまり何も考えられず、「火事⁉」と思ったけれど、火の手はあがっていないし違うようです。紫式部は「内匠さん！　さあ！　さあっ‼」と彼女に無理やり前を歩かせて（おいおい）、「彰子様がお部屋にいらっしゃるわ！　まずはそちらに行かなきゃっ‼」と弁の内侍を乱暴に起こして、三人で震えながら悲鳴がしたほうへ行ってみると、なんと裸の女性が二人でうずくまっていたのです。中宮の蔵人である靫負《ゆげい》と小《こ》兵部《ひょうぶ》が追いはぎに遭って服をはぎ取られたのです。犯人はまだその辺りにいるでしょうから、紫式部はゾっとしました。あいにく大晦日で行事も終わり、官人や警備の侍たちも退出してしまっており、手を叩き大声で呼んでも誰も返事をしません。通常であれば話しかけることなんてない配膳係の下級女官に、「殿上の間に兵部《ひょうぶ》の丞《じょう》という蔵人がいるから、その人を呼んでっ‼」と恥もなく直接言ってしまった紫式部です。

探してくれたようですが、兵部の丞は退出してしまっていました。兵部の丞というのは、弟の惟規です。肝心なときにおらず、紫式部は情けないったらありゃしません。結局、式部の丞の藤原資業《すけなり》が来て、一人であちこちの灯火の油をさして回ってくれました。

その後、一条天皇から彰子にお見舞いの使いなどが来て、彰子は、服を取られた二人に衣装を与えたそうです。

藤原資業の父親は藤原有国《ありくに》さんよ。有国さんは受領の息子で、勉強を頑張って文章生《もんじょうしょう》となり、菅原文時に師事した人なの。私の父と境遇がとっても似ているでしょ？　父よりは少し先輩のようだけど。有国さんはその後、どんどん引き立てられて出世したの。一方、父はご存知の通り、あまりパッとしなかったでしょう？

有国さんは四十代で、一条天皇の乳母・橘《たちばな》の三位《さんみ》徳子《とくこ》と結婚されて、そのお二人の間に生まれた子が資業なの。今回ピンチの時に活躍したのが、この資業！　父もパッとしなかったのに、その息子である弟も退出していて、肝心な時に役に立たないし、あ～、もうホント情けないわ。境遇は似ていたのに、何この違い……。
　それはそうと、本当に恐ろしかったわ。お正月用の衣装が盗られなかったことが、不幸中の幸いよ。翌日のお正月には、あの事件に遭遇した二人は、何事もなかったかのように晴れ着を着てお仕えしていたんだけど、私は昨日の二人の裸姿がバッチリ目に焼き付いてしまっていて。恐ろしかったんだけど、どうしてもそれを思い出してしまい、プッて吹き出しそうになっちゃったわ。そんなこと絶対言えないけど！

　自分のことを顧みて憂鬱な気分になることが多く、そんなネガティブで有名な紫式部ですが、イジメのようなことをしていたり（直接は加担していないかもしれませんが、「見ているだけ」も同罪です）、人の不幸を思い出して笑ってしまったり、そんな一面もあったことがうかがい知れる『紫式部日記』は、やはり貴重な資料ですね。

コラム

橘の三位徳子が目標？

橘の三位徳子は、橘仲遠《なかとお》という播磨守の娘です。先ほど見たように、藤原有国の妻で、二人の子には資業がいます。徳子は一条天皇の乳母で、「従三位」に至った内裏女房です。有国が道隆の怒りを買い、不遇だった時に、徳子が一条天皇に働きかけて、有国は元の位に戻れたと考えられています。徳子様様ですね。

さらに、徳子は、彰子の第一子敦成親王が誕生した日、形だけの授乳をする「御乳《ち》つけ」の役を務めました。その日の夕方に実施された御湯殿の儀式の際に、産湯につかっている間、前庭で漢籍を朗読する役は有国の前妻の息子広業《ひろなり》が務めたのです。そして、広業の妻は大左衛門のおもとという女房で、敦成親王の乳母を務めています。

このように、徳子のおかげで夫や夫の前妻の息子・妻までもがいろいろとオイシイ役割を享受することができ、徳子は国司の娘で女房でありながら、一族を幸せに導く役割を果たしました。まさに紫式部が思い描いている理想形です。目標というか対抗心というか、大先輩ながら内心ライバル意識を持ちまくっていたかもしれませんね。

4章

娘、賢子へのメッセージ?

～「女房」とは～

母とは違って恋愛上手!?

4章では消息体部分を見ていきます。序章でお伝えしたように、『紫式部日記』の後半あたりに、そこまでの文体とは違って、誰かに宛てた手紙のような文体が出てきます。ですが、肝心な「誰」に宛てて書いたものなのかはわかっていません。また、ただそういう形で書いただけであって、特定の誰かに宛てたものではないという説もあります。結局不明なのですが、もし、誰かに宛てたのであれば、書かれている内容が「女房論」であり、実在の女房に対する批判の中には、かなり毒舌めいたことも書かれていることから、近しい女性（女房）に宛てているはずだと考えられています。その第一候補として、娘賢子がよくあげられます。女房として出仕するであろう賢子を読者と想定して書かれたのでは、と。

賢子のことを少し詳しく見ておきましょう。十五歳前後の頃に、母紫式部の跡を継ぐように、「越後弁《えちごのべん》」という女房名で彰子にお仕えしました。賢子は紫式部と違い、恋愛の達人（?）です。藤原定頼《さだより》、藤原頼宗《よりむね》、源朝任《あさとう》と深い関係にあったようです。そして、その後、藤原兼隆とも関係を持ち、女の子を生んでいます。

賢子関係図

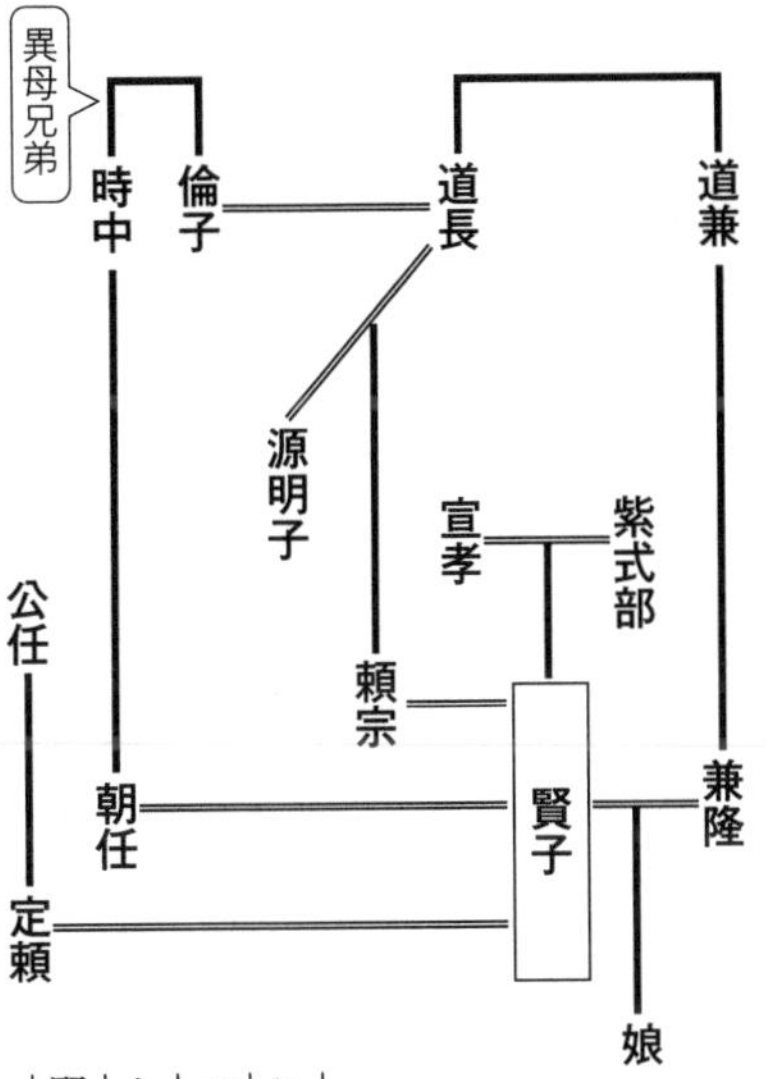

こうして見ると、相手の男性はすべて有力者の息子であることがわかります。賢子、なかなかのやり手ですね！

正妻ではなく愛人レベルだったのですが、この兼隆との子を生んだことが、人生の転機になったのです。もともと「あの紫式部の娘」ということで注目はされていたはずですが、それはあくまでも二世としての好奇の目が入っています。ですが、兼隆との子を生んでからの人生は、紫式部は関係なく、賢子自身が掴み取ったチャンスです。そのチャンスとは、彰子の第二子敦良《あつなが》親王〔＝後の後朱雀《ごすざく》天皇〕の第一皇子親仁《ちかひと》親王〔＝後の後冷泉天皇〕の乳母となったのです。親仁の母は道長の娘嬉子《きし》でしたが、親仁を出産した二日後に、出産前からの病気で亡くなってしまいました。そして、乳母に決まっていた女房も病気になったため、賢子が代理の乳母に急遽選ばれたのです。賢子は親仁をとても大切に養育しました。そして、親仁が皇太子の時の大進《たいしん》〔＝春宮坊の職員〕の高階成章《たかしなのなりあき》と結婚し、長男為家《ためいえ》と娘を生みました。親仁が後冷泉天皇として即位すると、賢子は従三位に、成章は大宰大弐《だざいのだいに》となり、賢子は「大弐三位《だいにのさんみ》」と言われるようになりました。

親仁と賢子の関係図

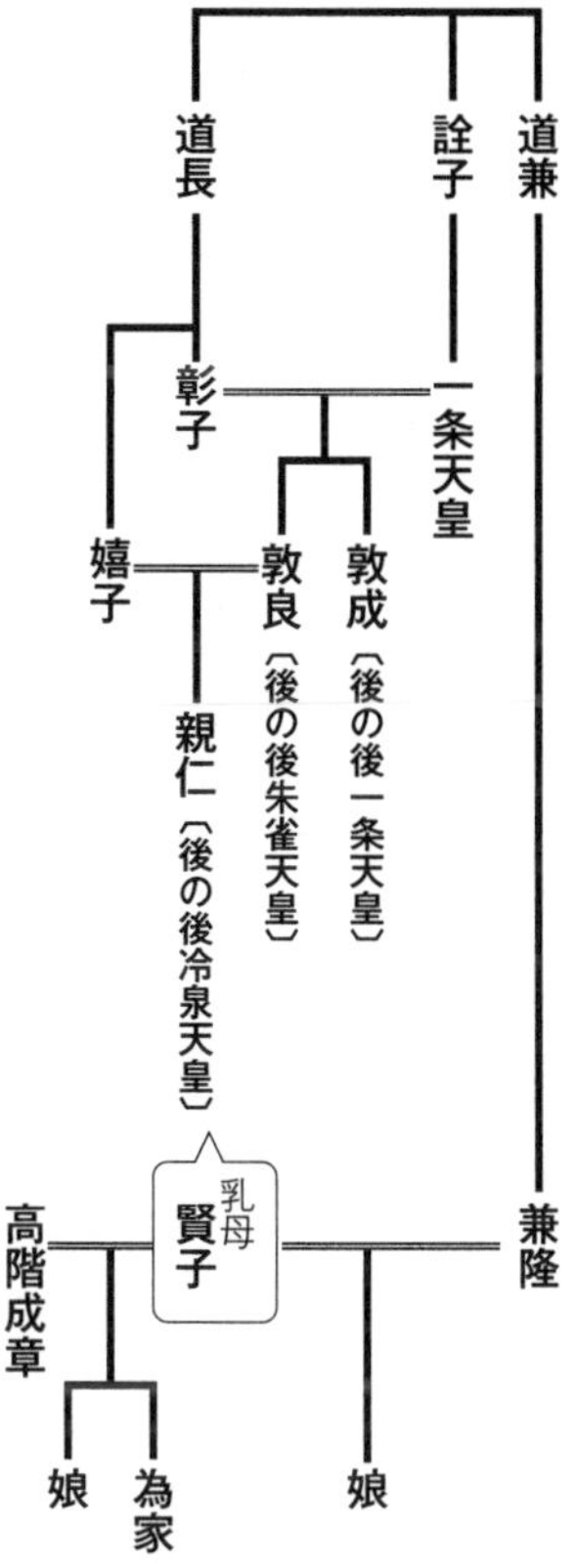

一女房として生涯を終えた紫式部でしたが、娘の賢子は同じように女房からスタートしたものの、親仁の乳母になるという大役を果たし、しかも、その役目をしっかり果たして、従三位の位まで昇りつめています。さらに、当時には珍しい八十歳以上の長寿でした。素晴らしいですね。

これも、紫式部の教育と『紫式部日記』に書かれていた「女房とは」という教えの賜物かもしれません……と、けっこう無理やりな感じで話をもとに戻してみました。
この消息体の部分が賢子に宛てたものかどうかはさておき、「女房とはどうあるべき」と書かれているのかを見ていきましょう。

女房とはこうあるべきよ！

紫式部は先輩とうまくやるために、わざと「おっとり」していましたよね。まさにそれです。紫式部は「**すべての女房は『おっとり』と、心にも余裕をもって穏やかに、落ち着いていることが基本よ！**」と書いています。そうすることで、教養や風情も素敵に見えるので安心なのだ、と。色っぽくて浮ついた感じの人がいても、その人本来の人柄が癖がなく素直で、周りの人間を不快にさえしていなければ、嫌われることもないのだと主張しています。「素直でおっとり」がベストなのです。

紫式部いわく、「**自分こそは！**」**と思って、人とは違うことを売りにしているよう**

な人は、日常の何気ないことにも変に目を光らせているけれど（誰のことでしょうかね……なんとなく清少納言を思い浮かべてしまうのは、私だけではないはずです）、**周囲の人間は、そんなその人に注目してしまうため、そうすると、注目された分だけ、言動のあれこれに他人から癖が見つけられやすくなるので良くない、**とのことです。

紫式部 心の声

言ってることが矛盾しまくりの人や、他人をけなす人ほど、特大ブーメランをくらうことになるはずよ。癖がない人ならば、その人の良くない噂とかが万一あったとしても、「本人の耳には入れないようにしなきゃ！」って思うし、ちょっとした情けもかけようっていう気にもなるものよ。

わざと誹謗中傷ばかりしている人が、間違って何か誤った時は、遠慮なく批判して嘲り笑ってやろうって思ってしまうわ。ザマアミロよね。

すごくいい人って、相手が自分のことを嫌っていようが、そんなの関係なく相手のことを思いやるでしょうけど、でも、普通そんなことできないわよねぇ!?　あの仏様でさえ無理なはずよ！　たとえば、仏様が「三宝（＝仏・法・僧）をけなす罪は軽い」なんて、そんなことお説きになるわけないもの。まして、こんな汚れた俗世の人間なら、そんな寛容な心は持てなくて当然よね。

　キツい物言いをしてくる相手に、「自分のほうが相手を打ち負かしてやる」とボロクソに言い返したり、真正面からにらみつけたりするのと、不快な気持ちをグッと心にこらえて、見た目は穏やかに取り繕っているのとで、品性が決まると私は思うわ。

　そうそう、「女房」と言えば、私の同僚たちの容姿や性格がどんな感じなのかを伝えておくわ。ただし、顔をよく合わせる人のことを悪くいうと後々面倒なので、ちょっとでもダメに思うことは書かないわね。見た目に関しては、みんな美しく上品で優雅よ。ただし、性格に関しては——難しいわね、それぞれだし……。ただ、すっごく悪い人はいないわよ。まぁ、見た目、品格、性格、頭の良さ、すべてがバッチリの人なんて、なかなかいなくて当然よね……なんて、私が偉そうに言えることじゃないわね、失礼。

環境が違うのよ！　環境がっ!!　でも……

斎院（＝賀茂神社に仕えた未婚の皇女か女王）の女房の「中将の君」は、紫式部の弟惟規の恋人です。当時の斎院は、村上天皇の皇女選子《せんし》内親王で、円融天皇から後一条天皇までの五十七年間も仕えており、「大斎院」と言われていました。

大斎院関係図

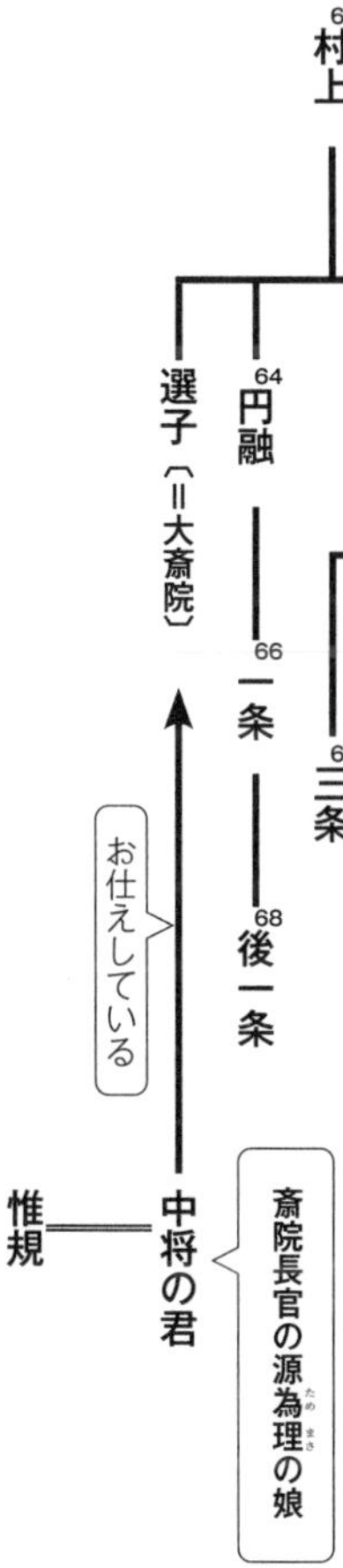

中将の君が惟規に出した手紙を、とある人が見つけて紫式部のところに持ってきて、こっそり見せてきたのですが、そこには「和歌などの趣深い方面のことは、我が斎院様より他に、誰がおわかりになろうか。この世の中に素晴らしい女房が出るならば、我が斎院様だけが見抜けるのよ」と書いてありました。まるで自分だけが世の中のことをわかっていて、心が深い点では比べるものがいないかのような書きぶりに、紫式部はブチギレます。

たしかに選子内親王は風流なことが大好きで、和歌や物語にもとても興味があり、紫式部も「選子様はたしかに素晴らしい」と認めています。ですが、「斎院に勤めている女房たちが作り出した和歌で、格別に素晴らしいと思えるものはないし、斎院は風流で趣深い所ではあるけれど、そこに勤めている女房と、自分が見知っている中宮女房と比べてみても、向こうが勝っているとは思えない」と言い切っています。

そもそも環境がまったく違います。斎院は「神の妻」のような扱いであり、そんな神聖な斎院の御所には、人がひっきりなしに訪れるなんてことなどなく、俗世とは別世界のような神々しさがあります。宮中のように、中宮と天皇が行き来して、周りの人間がバタバタすることもないため、斎院は自然と浮世離れした趣深い場所になって当然なのだ、と紫式部は考えていました。

ただ、「自分たちに問題はない」とは言い切れないこともわかってはいました。たしかに、中宮お付きの女房たちは、必要以上におとなしい者が多く、訪ねてきた男性貴族と当意即妙《とういそくみょう》（＝その場の状況に応じて、機転を利かせて素早く対応をすること）なやりとりができなかったため、「彰子様の女房たちは引っ込み思案だ」などと言われていることも把握していたからです。

その原因は、道長がもともと家柄重視で、お嬢様を女房として雇っていたことから、古参の先輩女房たちがとてもおとなしいお嬢様気質であったことや、中宮彰子自体の性格も控えめで、色めかしい男女のやりとりなどは軽薄だと考えていたため、「少しでも良き振舞を」と考えている女房は、彰子の影響も受けてか、並大抵には人前に出ることはしなかったからです。

さらに、定子やその妹の四の君が亡くなり、彰子が男皇子を出産してからは、ライバルとなるような后や女御などがいなかったため、競い合う必要もなくなっていたことから、彰子軍団にはのんびりとした空気感が漂っていたのです。

中宮彰子がまだ幼い頃、珍しく得意顔の女房がいて、何かの折に間違ったことを言い出したのですが、彰子はそれを「本当に見苦しい」と思いながら聞いていました。同時に反面教師として、「行き過ぎた欠点なしで、控えめに過ごすことが無難だわ」と心に決めて、「自分から進んでは特に何も言い出すまい」とされたのです。そして、最初の頃のお嬢様女房たちも、そんな彰子を近くで見ているため、よりいっそう「自分も」と彰子に合わせて振る舞っていたのでしょうし、それが習慣となってしまったのだろうと紫式部は考えました。

ですが、彰子も大人になってくれば、いろいろとわかってきます。自分の中宮御所を、殿上人たちが「つまらない」と言っていることも把握していたのです。とはいえ、人がたくさんいて、政治の中心である宮中ですから、斎院の御所のように風流なことばかりしているわけにもいかず、風流やユーモアばかりを追いかけると、一歩間違えると軽薄にもなってしまうのです。ただし、女房たちが引っ込んでばかりいることに関して、さすがに彰子も「もうちょっと積極的に応対してほしい」と思い、そう言ったりすることもあったようですが、習慣とは怖いもので、女房たちは急に積極的に応対することがなかなかできませんでした。もともとがお嬢様ですし、ずっとそれでやってきていたわけですから、無理もないかな、とは思います。急に体制が変わって戸惑ってしまったり、慣れるまではなかなかできなかったりするのは、現代人でも同じですよね。ですが！　それでも、「女房」という職業に就いたからには、きちんと応対する責任があります。紫式部も内心では「血筋の良いお嬢様だか何だか知らないけど、今はアンタたち女房なんだよっ！　仕事はちゃんとしなさいよっ‼　いつまでお姫様気分でいるつもり⁉」とイラっとしていたようです。紫式部も自分たち彰子軍団に問題があることを把握しており、「つまらない」と言われることに焦りも感じていたのです。

今は無き、あの軍団には負けられないっ！

中宮の大夫《だいぶ》〔＝藤原斉信〕が彰子のところに来て、女房が仲介しなければいけない時にも、先輩女房たちはおたおたしてしまい、応対することもできず、顔を合わせることもまともにできません。紫式部は内心で「子供かっ‼」とキレています。どうにか頑張って応対に出たとしても、まったく会話がまともにできていない様子なのです。女房たちは恥ずかしいし、失敗を恐れてそうなってしまうようですが、応対するのがイヤ過ぎて居留守を使いそうな勢いもあり、先輩女房がそんな様子じゃキレそうになるのもわからなくはありませんね。新入社員ならまだわかりますが、先輩がそれって、けっこうキツイ……。斉信もそんな女房たちには嫌気がさしているようで、「ちゃんと応対できる女房がいない場合は帰ってしまうこともある」と紫式部は耳にしました。これはとんでもない恥！　どこにそんなに仕事ができない女房軍団がいるでしょうか。

そして、困ったことに、そう思っているのは斉信だけではありませんでした。他の上達部たちも、彰子に用事があって女房に伝言を頼みにきた際に、お気に入りの女房がいなければ、やはり帰ってしまっていたのです。女房の仕事として、これはもう機能していません。破綻しています。だから紫式部も、彰子のところに来る男性陣が彰子軍団のことを「引っ込み思案だ」と批判することも、「そりゃ無理ないわ」と諦めモード（?）というか、納得はしていました。彰子のところに来てもそういう雰囲気なので、風流なことを楽しんだり、気の利いたやりとりを楽しんだりとかはまったくなく、若い男性陣の間にも、「ここ（＝彰子のところ）では、否が応でもまじめでいるしかない」といった空気が流れていたようです。その一方、斎院では、月を見たり、花を愛でたり、風流なことを楽しみながら、中宮女房たちに関しては、「ちょっとした言葉をしっかりキャッチして、気の利いた返事を投げ返したり、風流なことを言いかけられた時に、恥ずかしくない返事ができる女房が、本当に少なくなっちゃったよね」と男性陣が言っているらしいことを、紫式部も風の噂に聞いたのです。どれだけ不甲斐なく感じたことでしょう。誰（＝どの人たち）と比較されているのか嫌でもわかりますよね。紫式部は、清少納言とは出仕期間が五年ほどズレていますので、直接会ったり見かけたりしたわけではありませんが、道長からスカウトされた時に聞いていたはずです。道長が、彰子の周りの女房たちも定子軍団のような知的集団にしたいと思っていること、そのために紫式部を雇ったことを。つまり、女房たちの応対レベルをアップさせることが、自分の大切な使命の一つなのです。蓋を開けて実際に一緒に働いてみると、本当にひどい状態なのを目の当たりにしたのです。定子の女房たちに、こんな頼りない女房はいなかったはずです。もっと明るく知的で風流なやりとりが日々されていたはずで、上達部たちは、その定子軍団の雰囲気が忘れられないのです。忘れられないというよりは、あまりにも今がひどくて、「前は楽しかったのにな」と比較せざるを得ないのでしょう。紫式部は、「斎院の女房たちも、きっとこういう噂を聞いて、自分たちのほうが上だと思っているのだろうな」と考えました。自分の役割を考えると、本当に頭が痛かったでしょうね。ですが、それをしっかり認めるのも嫌だったのか、上達部たちが定子たちと自分たちを比較し、自分たち彰子軍団を非難していることを書いてはいるものの、**「ま、昔のことなんて私は実際には見ていないので、本当にそんな感じだったのかどうかは知りませんけどね」**と負け惜しみ（？）も書いています。とはいえやはり、自分の立場上、定子軍団やその代表格の清少納言と比較されることは、相当なプレッシャーだったと思われます。日記の中で先輩への不満をぶちまけるのも仕方ないですね。

あの有名な女房たちが、どんな人か知りたい？

「紫式部と同年代に活躍した女房」として超有名なのが、和泉式部・赤染衛門・清少納言です。まずは、どういう人物だったのかを先にお伝えしてから、その後、紫式部本人に、どのように評価しているのかをそれぞれ語っていただきましょう。

まずは和泉式部。越前守大江雅致《おおえのまさむね》の娘です。受験生であれば、「和歌が上手くてモテモテの女性」のイメージは持っていてほしいところです。夫は和泉守である橘道《たちばなのみち》貞《さだ》で、和泉式部という女房名の「和泉」は、この夫からとっています（「式部」は、父雅致が式部の丞だったからという説があります）。二人の子には小式部内侍《こしきぶのないし》という娘がいます。この娘も、母譲りで歌がとても上手でした。百人一首にも採られている「**大江山いく野の道の遠ければまだふみも見ず天の橋立**」（㊟**大江山を越えて生野へ行く道が遠いので、まだ天の橋立を踏んだこともないし、母からの手紙も見ていません**）という有名な歌は、小式部内侍が詠んだものです。

話を母親の和泉式部に戻すと、冷泉天皇の第三皇子為尊《ためたか》親王と深い仲でした。お互いに妻や夫がいる立場ですから、現代でいうダブル不倫です。ただし、当時は一夫多妻でしたから、男性側に愛人が何人いようが問題はありません。ですが、女性が同時期に複数男性と交際することはＮＧでした。よって、和泉式部のこの状態は、当時でもあまりよろしくありません。そんな中、為尊は二十五歳で病気のため亡くなります。

一〇〇〇年頃、天然痘が流行していましたよね。その当時に、毎日のように夜遊びをしていたことが原因ではないかと言われています。悲しみに沈んでいた和泉式部を慰めてくれた男《ひと》がいました。為尊の弟敦道親王《あつみちしんのう》（帥宮《そちのみや》）です。手紙でやりとりしていく中で、歌が上手な和泉式部はモテパワーを発揮（？）し、気づけば今度は敦道親王と深い仲になっていました。この二人が付き合うまでの約十か月間のやりとりが書かれている作品が、『和泉式部日記』です。敦道には同居している正妻がいましたが、その同じ邸に和泉式部を迎えたため、怒った正妻は出て行きました。それが原因で正妻とは離婚します。和泉式部、だいぶよろしくありませんね。もちろん迎えた敦道がダメ夫なのですが、「和泉式部も断れよ」とツッコみたくなりますよね。そんな敦道も二十六歳で亡くなります。

源雅通《まさみち》とも深い仲であったようです。その後、彰子のもとで女房としてお仕えし、道長の家司《けいし》である藤原保昌《ふじわらのやすまさ》と結婚して丹後に下りました。それにしても、恋愛経験が豊富ですよね、さすがモテ女。道長に（ふざけてではありますが）「浮かれ女」と言わしめただけはありますね。道長が扇を持っている人に、誰からもらった扇か問うたところ、和泉式部からと判明し、道長はその扇を取って「浮かれ女の扇」と、からかって書きつけたという話が『和泉式部集』に書かれています。

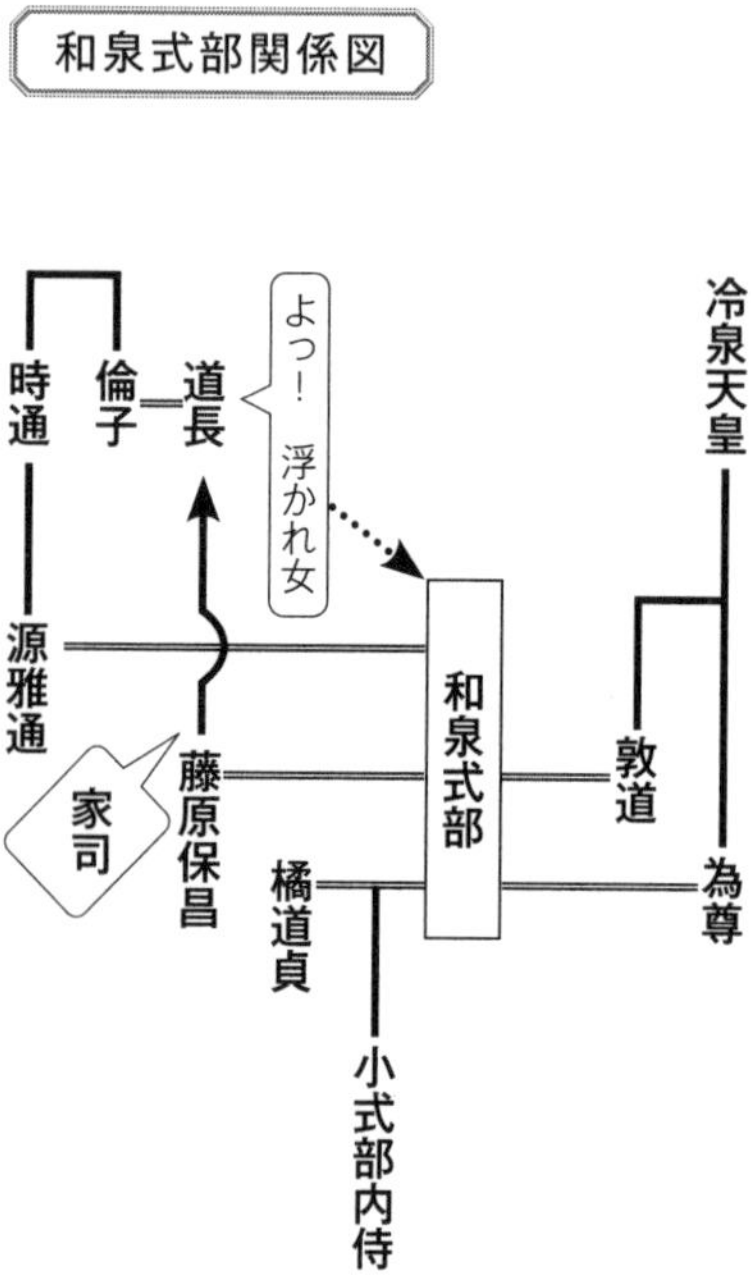

ということで、和泉式部という人は、素晴らしい手紙を書くのよね。だけど、よろしくないところもあるの。ホラ、恋愛遍歴がちょっと……。

気軽にさらさらっと走り書きすることとか、そっち方面に関しては、それはもう才能がありまくりだと思うわ。何気ない言葉にだって、キラッと光るものがあるもの！

和歌はとても上手よね。和歌の知識や理論に関しては、「本物の歌人」とまではいかないけれど、口に任せて出る言葉には、必ず素晴らしいパッと目にとまる一言が添えられているの。そうなんだけど、そうですら、他人が詠んだ和歌を非難したり批評したりするのは、「いやいや、そこまでは和歌についてわかってないでしょう。理解はできていないけど、口から歌が勝手に出てきて詠んでるようなタイプのくせに～」と思われる人よね。「こっちが恥ずかしくなるくらいの素敵な歌人だ」とは思わないわ、悪いけど。

続いて、赤染衛門に関して見ていきましょう。大隅守赤染時用《おおすみのかみあかぞめときもち》の娘です。と、言われてはいますが、『袋草紙《ふくろぞうし》』という作品には、赤染衛門の母はもともと平兼盛と結婚しており、身ごもったまま時用と再婚して出産したため、本当は兼盛の子だと書かれています。夫は大江匡衡《まさひら》で夫婦仲がとてもよく、赤染衛門は「匡衡衛門」と呼ばれていました。二人の子には大江挙周《たかちか》などがいます。

挙周が重病で死にかけた時、「病気の原因は住吉神社の祟りではないか」と耳にした赤染衛門は、「**代はらむと祈る命は惜しからでさても別れむことぞ悲しき**」（訳 **息子の代わりに自分が死のうと祈る自分の命は惜しくないが、祈りがかなって死んだとしたら、我が子と別れることになるのが悲しい**）という和歌を住吉神社に奉納しました。この和歌のお陰で、挙周の病気は治りました。

赤染衛門のイメージは、このように夫や子供想いで歌の才能もある「良妻賢母」です。そんな赤染衛門は、道長の正妻倫子と、二人の娘である中宮彰子に仕えました。

紫式部 心の声

文章《もんじょう》博士（＝大学寮紀伝道の教官）であり、丹波守《たんばのかみ》である大江匡衡の奥様、赤染衛門さんのことを、彰子様や道長様たちは「匡衡衛門」と言っているのよ。

和歌に関しては、格別素晴らしいっていう感じでもないんだけど、本当に由緒ありげで、「歌人だから」って何かある度に詠み散らしたりはしない人よ。知られている限りでは、ちょっとした時に詠んだ歌も、立派な詠みぶりだと思うわ。

だって、世間ではどうかすると、ヘッタクソな和歌を詠んで、何ともいえない由緒ありげな感じにして、「自分はイケてる」と得意げに偉ぶっている人がいるけど、憎らしくも、また、お気の毒にも思えてしまうわよね。そんなのとは比較にならないほど、妻としても母としても歌人としても、素晴らしい方なんじゃないかしら。「中宮彰子様の女房」として恥ずかしくない素敵な人だと思うわ。

また、藤原道長の栄華が中心に書かれている『栄花物語』という作者不詳の作品があるのですが、正編は赤染衛門が書いたのではないか、という説があります。

それでは、お待ちかね？　の清少納言にいきましょう。有名歌人清原元輔《きよはらのもとすけ》の娘です。曽祖父も清原深養父《ふかやぶ》という有名歌人です。清少納言も彼らの血を受け継いでおり、和歌がとても上手な才女でした。三人とも百人一首に採用されています。また、清少納言は紫式部同様に、漢学の才能もありました。夫は陸奥守《むつのかみ》である橘則光《たちばなののりみつ》で、二人の子には則長《のりなが》がいます。夫則光は、和歌など風流なことがあまり得意ではなく、清少納言とは性格の不一致で離婚しました。

九九三年頃から、一条天皇の中宮定子のもとに女房として仕えています。宮中では別れた元夫も働いていたため、離婚後も宮中（職場）で顔を合わせています。和歌の方面では気が合わなかった二人でしたが、決して仲は悪くなく、周囲の人間も「二人は仲良しだ」と認識していました。肝心な女房としての働きですが、ここまでにもお伝えしたように、清少納言は上達部たちと当意即妙なやりとりを楽しんだり、かなり深い漢学の知識で応対していたため、上達部たちはもちろんのこと、一条天皇や定子も一目置いている存在でした。男性顔負けの知識があり、ユーモアセンスも抜群で、そんな清少納言たちのおかげもあり、定子の周りはいつも明るく華やかな雰囲気が溢れていました。『紫式部日記』にもよく出てくる藤原斉信や藤原公任とも、とても仲が良かったようです。そんな中、あの有名な随筆『枕草子』の執筆も始めました。おそらく学校の古文の授業で一度は聞いたことがある、「春はあけぼの」「いとをかし」でお馴染みの作品です。定子や、その兄伊周たちとウィットに富むやりとりをして、自分の漢文の知識や和歌が高貴な人たちに褒められたという自慢話（？）や、通常、他の人は目にも止めないようなものに対して「をかし」（趣がある）と述べていたり、全体的にリア充のような華やかな内容に満ちています。ただし、実態は、そんな華やかな宮中生活はあっという間に崩れ去っていました。九九五年に道隆が糖尿病（？）で亡くなり、伊周・隆家も政争争いに負け、定子一族が没落の一途を辿って行った話

ちょっと！　あのドヤ顔満載な人の話、長くない!?　え？　和泉式部と変わらない？　あ、そう。まあいいわ。

とにかく、あんな偉ぶって漢字を書き散らしていたようだけど、よく見たら間違ってることも多いしっ!!　私からしたら、あの程度じゃ全っ然知識が足りてないわ。

それに、あんな風に「自分は人とは違うのよ」みたいな、それがイケてると思っているような人なんて、絶対にだんだんと周りから浮いちゃって、無理が出てきて見劣りがしてくるでしょうし、お先真っ暗なこと間違いないわよ。風流ぶっている人は、すごくさっぶいつまんないような時も、しみじみ「あぁ、素敵」なんて感動しちゃって、趣きがあることも見過ごさないようにし過ぎて、自然とおかしな的外れな感じにもなってしまうものよ。そんな中身がペラッペラな人の成れの果てが、どうしてよいことがあるかしら。そんなことあるわけないわ！

は62ページでもお伝えした通りです。定子が第三子出産直後に亡くなると、清少納言は宮中を去りました。その後、藤原棟世《むねよ》と再婚し、小馬命婦《こまのみょうぶ》という娘を生み、夫の任国の摂津に一緒に下ったと言われていますが、その後の消息はよくわかっていません。

紫式部の側で三人の評価を直接聞いていたとしたら、「ちょ、どうしちゃったの？」と聞いてしまいそうなくらい、清少納言の批評で突然毒を吐きまくるのです。まあ、どうしたもこうしたもなく、嫌いなんでしょうけど。ですが、先ほどもお伝えしたように、紫式部が宮中に出仕した時には、清少納言は既に宮中を去っていますので、二人には面識がありません。

紫式部が、会ったこともない清少納言のことを嫌っている理由の一つとして、『枕草子』の中で夫宣孝のことを悪く言ったからだという説があります。道長も子宝祈願として参詣した「金峯山」。金峯山に参詣する際には、質素な身なりで参詣するのが通例なのに、宣孝はド派手な色の服を着て、息子の隆光にもカラフルな色の服を着せて一緒に参詣し、すれ違ってそれを見た人が「珍しく奇妙なことだ」と思ったようだと、『枕草子』に書いていたのです。これを読んだ紫式部が、「身内の人間の悪口を書かれた！」と一方的に嫌ったのではないかという説です。本人に聞けないのでわかりませんが、確かにそれも一つの原因になったのかもしれません。ですが、よく読むと、宣孝が**「ただ清潔な服なら悪いことなんて起こらない」**と言っていたことも清少納言は書いていて、その後、宣孝が筑前の守として任官したことや、**「宣孝が言っていたことは間違っていなかった」**と評判になったことも書かれており、もし、きちんと読んでいたならば、そこまでキレるような悪口が書かれているわけではないことは理解できたはずです。おそらくですが、あれだけ酷評しているのには、他の理由があるのではないでしょうか。宣孝のことが書かれている云々《うんぬん》ではなく、定子や定子軍団のキラキラした感じが書かれている『枕草子』そのものに、嫉妬のような感情を抱いていたのではないかと思ってしまいます。男性陣から、彰子や彰子軍団が引っ込み思案だと言われ、定子たちがもういないにもかかわらず、いつまでも比較されてしまう状況に焦りもあったのでしょう。嫉妬から嫌悪感のような気持ちを抱いて、

『枕草子』が有名なことにもイライラしてしまい、「いかにも自分は漢才があるような感じで書いているけど、みんな、あの人、間違えが多いことわかってる!?」と書くことによって、自分のほうがより知識があることをアピールし、「明るく華やかだったか何だか知らないけど、あんな女より知識が正確な私が女房として側にいる彰子様のほうが素晴らしいのよ!!」と言いたかったのかもしれませんね。もともと道長に文才を買われて女房として仕えるようになったので、いつまで経っても定子や定子軍団と比較されるのは、紫式部にとってキツイのです。しかも、相手が健在であれば、正々堂々と勝負できたかもしれませんが、ほんの少しの間、中宮として被っただけで、定子は亡くなってしまいます。一条天皇にあんなに寵愛されたまま亡くなってしまうと、それこそ、天皇や周囲の人々の中で美しさや素晴らしさしか残らないでしょうし、決して勝てない相手となってしまうでしょう。「亡くなった相手にはどう頑張っても勝てない」と思ってしまう気持ち、わからなくはありません。個人的には別に勝つ必要なんてないと思いますが、紫式部は道長から期待されていることを肌で感じていたでしょうし、自分の立場もよくわかっていて、私のように気楽に考えることなどできなかったのだろうな、とも思います。幼い頃から頭脳明晰で、内に抱える性格の紫式部ですから、いろいろ考え過ぎてしまい、こうしたドロドロした気持ちも抱いてしまう一面もあったのです。人間ですから、すべてに冷静で「おっとり」とはいかないのも仕方のないことです。俗にいう地雷が、「清少納言」だったのかもしれませんね。

かく言う私は……

このように、有名女房の批評を好き放題にしてきた紫式部ですが、その後に、やはり自分のことに考えが戻ってきます。いつものパターンですね。しかも、いつものように、とにかく暗い。「このように、あれやこれやにつけて何一つ思い出すことなく生きていた私が、特に将来の頼みもないことを慰める方法さえありませんが、それでも、心がさみしく生きている身とだけはせめて思わないようにしよう」と、秋の夜にも縁近くで月を見ながら、物思いにふけっています。部屋の奥に入っても、尽きることのないブルーな気分から抜け出すことはできませんでした。頭が良すぎて繊細すぎて、内心ではモヤモヤを抱えて、そんな紫式部は相当生きづらかったのではないでしょうか。これだけ「俗世で生きづらい」と思っている人が行き着く先は「出家」でした。紫式部も例外ではなく、「**誰が何と言おうが阿弥陀仏に一心にお経を習おう。俗世に未練や気になることなど何一つないので、尼になるのにぐずぐずとすることもない**」と考えます。「**一途に尼になっても、往生する前はとまどってしまうかもしれない**」と少し弱気になるも、「**年齢を考えても今がベストだ**」と、出家を決心している自分を奮い立たせています。ですが……。

これ以上年齢を重ねていくと、もっと老いがひどくなっていくでしょ？お経を読むにも目がつらくなっていくし、現代みたいに老眼鏡なんてないから、そうなるともう読めなくなるだろうし、気持ちも衰えていく一方ですもの。だから、信心深い人のマネっこだけど、今は尼になることとか考えてしまうわ。

でも、私は罪深い人間だから、必ずしも往生が叶うとは限らないのよね。ホント、私、前世で何をしてしまったのかしら……。きっと、よっぽど何かマズイことをしてしまったに違いないわ。すべてにおいて悲しい——

この手紙、絶対に人に見せないで！

消息体の最後は、まるで誰かに宛てた手紙の結びそのものです（ただし、誰に宛てたか、わざとそういう形をとったのかは、やはり謎ですが）。良いことも、悪いことも、世間のことや自分の辛さも、すべて残らず書きたくて書いたようですが、**「不愉快に思っている人のことを、こんなにもボロクソに書いてよかったのか、いや、よくないわよね」**と書かれていることから、清少納言に対する批判がキツいという自覚はあったようです。ですが、（架空かもしれない）手紙の受け取り相手に、**「あなたも寂しいんでしょ？　私の気持ちも察してね。なんならあなたの思っていることも聞かせて**

よ。手紙ちょうだい」とも書いており、相手に寄り添う形を取りながらも、自分のことも大目に見てほしかったのです。「**こんな明け透けな手紙が、万一世に広まって人様の目に触れたら大変なことになるし、聞き耳を立てられることも多い世の中だ**」と思っていた紫式部は、他人からの手紙などは、焼いたり捨てたり処分をしていたので手元になく、また、自分も新しい紙にかまえて手紙を書くつもりはないことから、こんな形（＝記録の一部のような、通常の手紙ではない形）での手紙になり、「**みすぼらしいかもしれないけれど、わざとこういう形にしたのだ**」と伝えています。そして、「**読んだら早く返してね!!　誤字脱字もあるかもしれないけれど、そこはスルーして**」と締めくくろうとしますが、これらは人の目を気にしているからこその発言ですよね。少し前に「もう出家したい」とまで言っていましたが、人の目が気になり、まだ俗世と関係する自分を捨てきれていないことも自覚し、「**自分のことながら一体どうしようというのでしょう**」という諦めのような文言で消息体を終えています。

この消息体の部分が、お伝えしてきたように、もともとこの『紫式部日記』（＝道長から依頼された彰子出産の記録）の余談（？）部分のようなものなのか、それとも、まったくの別物が紛れてしまっただけなのかがよくわからないのですが、もし紛れてしまったのであれば、紫式部はあの世で焦りまくっていることでしょう。人の目に触れることを恐れていたのに、時代を超えてどれだけ多くの人に読まれてしまったことか！　本当に誰かに宛てたものなのであれば、あちらの世界で「だからあれほど早く返してって言ったのに‼　どうしてくれんのよっ⁉」と、さぞかし相手をなじっているかもしれませんね。ですが、もしこの消息体部分が、特に誰に宛てたわけでもなく、紫式部本人が意図的な形で、道長から依頼された記録に余談のような扱いで入れていたならば、紫式部も策士ですね～。道長からの依頼で書いたものは、多くの人の目に触れることはわかりきっています。そして、「今後長く残されるだろう」と予測していたかもしれません（とはいえ、こんなに、千年以上も残っているとは考えていなかったかもしれませんが）。あくまで「個人的に誰かに宛てた手紙が紛れてしまったのか」と思わせるような書きぶりで、清少納言のことをこき下ろしています。漢学の知識が間違っていることなども、「決してそれを公に知らしめようとしたのではなく、ただ個人的にプライベートで愚痴っちゃった手紙が紛れてしまっただけなのよ」的なスタンスを取りつつ、清少納言の評価が下がるような事実を入れ込んだものをたくさんの人に読んでもらい、自分のほうが知識があること、彰子のほうが優れていることを認識してもらう。かの有名な『枕草子』に対抗するために、そして、それが自分には悪気がなかったと思ってもらえるように、すべて企んでわざととった形であるならば、紫式部、まあまあ腹黒いですよね。腹黒いというか策士というか……そんな策士っぷりも道長は頼もしく思っていたかもしれませんね。

どこまでが本当で、何がフィクションなのか、成立事情もきちんとわからないため、すべて「もしも」の妄想ではありますが、頭脳明晰な紫式部ですから、「わざと」説もまあまあアリなのでは、と思っています（↑完全な独断です）。

コラム

『源氏物語』のあの人のモデルは小少将の君？

紫式部と一番仲が良い同僚の小少将の君は、彰子の母倫子の兄時通の娘です。時通は出家し、その後、おじ扶義《すけのり》の養女となったと考えられています。

紫式部は小少将の君のことを「どことなく**気品があり**優美で、**2月頃のしだれ柳**のようだ。容姿はとても**かわいらしく**、性格は遠慮がちで、見るに忍びないほど**子どもっぽい**。**弱々しい**ところがあまりにも気がかり」と書いています。

『源氏物語』に「女三宮」という光源氏の異母兄朱雀帝の娘がいます。朱雀帝は出家を決意するも、母もなく、まだ若い女三宮が気がかりで、源氏に正妻として迎えるようにお願いしました。兄からの頼みを断れず承諾しましたが、女三宮は25歳以上も年下で**ただただ幼く**ガッカリします。その女三宮は『源氏物語』の中で「人よりも小さく、**かわいらしく**、とても**気品があり**、**2月20日頃の青柳がしだれ**始めた感じで、**弱々しい**」と紹介されています。

この二人、そっくりですよね。女三宮のモデルの一人は、小少将の君だと言われています。

5章

敦成皇子誕生記録

〜土御門殿での生活〜

出産までのあれこれ

彰子は入内から九年後の一〇〇八年にようやく懐妊し、九月が出産予定です。四月中旬に実家の土御門殿《つちみかどどの》に里帰りしますが、5月に定子の第三子媄子内親王が七歳で亡くなり、悲しみに暮れる一条天皇の傍にいるため、六月中旬に一度宮中に戻りました。七月中旬、再び里帰りします。血は穢れであったため、宮中での出産はNGなのです。『紫式部日記』の冒頭は、二度目の里帰り中の土御門殿の描写から始まります。

秋の気配が立ちこめるにつれて、土御門殿のたたずまいは、何とも言えないほど風情がある。池のあたりの梢や、遣水《やりみず》のほとりの草むらが、それぞれ一面に色づいて、空一帯の様子も美しく引き立てられて、不断《ふだん》の御読経《みどきょう》の声々がしみじみと心に感じられる。次第に涼しくなる夜風の様子に、いつものように絶えることのない遣

水の音が、一晩中聞こえていて、風と水の音が混じって聞こえてくる。

当時は旧暦で秋は七月～九月です（一～三月が春、四～六月が夏、十～十二月が冬）。よって、「秋の気配が立ちこめる」というのが七月中旬くらいなのです。「不断の御読経」とは、十二人の僧が一人二時間担当で、二十四時間絶え間なくお経を読むことです。ここでは、彰子の安産祈願のための読経です。出産予定は九月なので、あと一カ月半先ですが、二十四時間ずっとお経の声が途絶えなく響いているのです。現代でもお産は命がけですが、医療が今とは比べられないほど整っていない当時、出産が原因で命をおとすことも多く、彰子の無事出産を祈る道長の思いを感じます。娘やこれから生まれてくる孫の無事を祈る気持ちもあるはずですが、純粋にそれだけではなく、政治的なことが絡んでいるからこその、ここまでの気合いなのでしょう。

彰子が女房たちの雑談を聞きながら、本当は身重で大変なのに、さりげなくそれを隠していました。紫式部はそんな彰子を見て、「**つらい人生の慰めには、このような**

素敵な方にこそお仕えすべきなのだなぁ」と、「普段のネガティブな自分には珍しく、いつものブルーな気分をすべて忘れてしまう気がするのも、我ながら不思議だわ」と感じます。華やかなものを見ていても、自分のことを考えて憂鬱になりがちな紫式部がこう思うほど、年下の彰子の振る舞いが立派だったのです。

明け方の四時頃になると、土御門殿の東の対屋《たいのや》で五壇《ごだん》の御修法《みずほう》〔＝不動明王を中央に置き、他に明王像を四方の壇に設置して並べ、数十人の僧が行う祈祷《きとう》〕が始まります。この後、不動明王担当のトップの僧が、読経を勤める下級の僧を二十人引き連れて渡り廊下を渡り、彰子がいる寝殿に移動して加持《かじ》〔＝お祈り〕を行いました（朝の四時からうるさそうですし、「かなり迷惑だな」と現代人の私は思ってしまいましたが……。罰当たりな発言ごめんなさい）。

ある夕暮れに、紫式部は宰相の君〔＝藤原豊子（66ページ参照）〕と二人で話をしていました。そこに道長の長男の頼通《よりみち》がやってきて、簾のはしを開けて座り、「女性はやはり気立てがよい人が素敵だけど、あまり見かけないいんだ」としんみりと恋愛トークをしてきたのです。当時頼通は十六歳で、周囲の人が「幼い」と侮っていたようですが、紫式部は「**年齢のわりには大人っぽく、奥ゆかしく立派な様子で、人々の批評が間違っている**」と書いています。自分のご主人様（＝彰子）の弟で、雇い主（＝道長）の息子のことを悪くは書けないとも思いますが、この時も頼通はうちとけ過ぎた話になる前に、「**多かる野辺に**」と古歌の一部分を口ずさんでスッと立ち去りました。しつこく話しかけてくるような男性より、たしかに爽やかで好印象だと私も思います（そういう印象になるように書いているのかもしれませんが）。紫式部も「**物語の中のイケてる男性のようだ**」とベタ褒めしています。

「**多かる野辺に**」というのは、『古今和歌集』にある「**女郎花《おみなえし》多かる野辺に宿りせばあやなくあだの名をやたちなむ**」（㊟ **女郎花がたくさん咲き乱れている野原に泊まったら、理不尽に浮気者だという噂がきっと立つだろう**）という和歌の二句目です。和歌の一部分を会話に用いることを「引き歌」といいます。「引き歌」があれば、引用していない部分が大事なので、元の歌の解釈をきちんとする必要があります。「女郎花」

は花の名前ですが、漢字に「女」という文字を使うことから、「女性」の喩えとしてよく用います。よって、この和歌は「女性がたくさんいるところに長居をしてしまうと、言われもなく女好きという噂が立ってしまう」という解釈になります。この一部分だけを口ずさみ、サッと切り上げて立ち去ったのです。十六歳で、この知的な感じと爽やかさですよ。好感度高いでしょうし、全然幼くないですよね。

頼通は彰子の同母弟で、道長と倫子の長男です。『紫式部日記』から少し脱線しますが、道長一家の紹介をしておきます。倫子は道長より二歳年上で、二十三歳の時に道長と結婚しました。夫婦仲がよく子宝にも恵まれ、二男四女がいます。この場面の約一年半後、次女妍子《けんし》が、当時東宮であった三条天皇に入内します。しかし、既に藤原済時《なりとき》の娘娍子《せいし》が入内しており、東宮との間に四男二女を儲けていました。妍子も入内から三年後に懐妊しますが、生まれたのは女の子（＝禎子《ていし》内親王）で、道長は心底ガッカリします。せっかく娘が出産したのに、やっぱり娘の幸せなんて何も考えていないのです。ただの政治の道具。ですが、それが普通の時代でしたから仕方がないの

藤原道長関係図

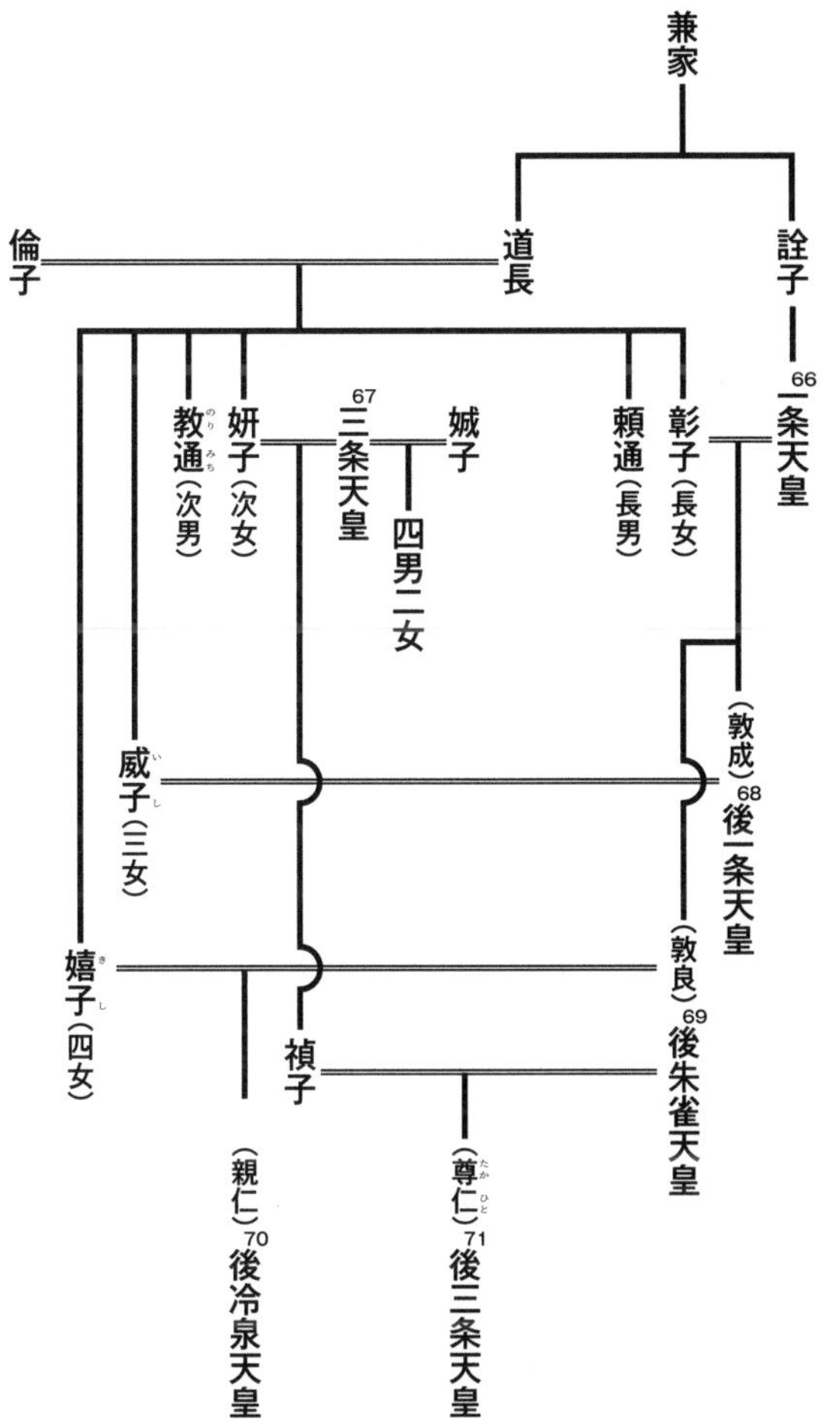
兼家
道長
詮子
倫子
66 一条天皇
彰子（長女）
頼通（長男）
67 三条天皇
娍子
四男二女
妍子（次女）
教通《のりみち》（次男）
（敦成）68 後一条天皇
威子《いし》（三女）
（敦良）69 後朱雀天皇
嬉子《きし》（四女）
禎子
（親仁）70 後冷泉天皇
（尊仁《たかひと》）71 後三条天皇

でしょうけど。禎子が成長していくと、かわいい孫には変わりないと気づいたのか、道長も孫として大切にはしたようです。結局、妍子に男皇子は生まれませんでした。禎子はその後、道長の推しで、東宮であった後朱雀天皇に入内し、尊仁《たかひと》（＝後の後三条天皇）を生みます。

三女威子《いし》は十八歳の時、九歳年下の彰子の第一皇子、つまり、威子にとって甥にあたる後一条天皇に入内します。一夫多妻の当時には珍しく、後一条天皇の后は威子のみでした。その時、わずか二十六歳で後一条天皇の摂政となっていた頼通が、外戚の地位が道長の血筋以外に渡らないように、そうさせたのです。あの爽やかだった頼通も、しっかり政治の世界に染まっていますね（道長の長男なので当然ですが）。幼い頃から道長の側で、権力に関わるゴタゴタを見てきているので、そういうことが起きないように、原因を潰しておきたかったのでしょう。ですが、威子は皇女二人を生んだものの、皇子が生まれなかったため、後一条天皇崩御後、天皇の位は弟の後朱雀天皇の血筋が継いでいき、後一条天皇の血筋は途絶えました。

四女嬉子は、彰子第一子出産の一年前一〇〇七年に誕生し、一〇二一年に当時東宮であった後朱雀天皇に入内しました。その後、親仁親王〈＝後の後冷泉天皇〉を出産二日後に病気で亡くなったことは、１２０ページでご紹介した通りです。

このように、道長は自分の娘を天皇や皇太子の妃とし、男皇子が生まれることを心から望み、そうして自分の地位を盤石なものとしました。

それでは、『紫式部日記』に話を戻して、彰子の第一子が誕生する経過をたどっていきましょう。

八月二十日過ぎからは、上達部や殿上人などしかるべき人々は、皆泊まりこむようになり、渡殿の橋の上や、対屋の簀子《すのこ》などで皆うたた寝をしては、何ということもない管弦の遊びをして夜を明かしている。琴や笛の音などがたどたどしい若者が、お経の読み方や声を競い合ったり、今様〈＝七・五を四回繰り返す形が基本の歌謡〉を歌ったりしているのも場所柄趣きがある。藤原斉信、源経房《つねふさ》、源憲定《のりさだ》、源済政《なりまさ》などが演奏する夜もある。

奏者関係図

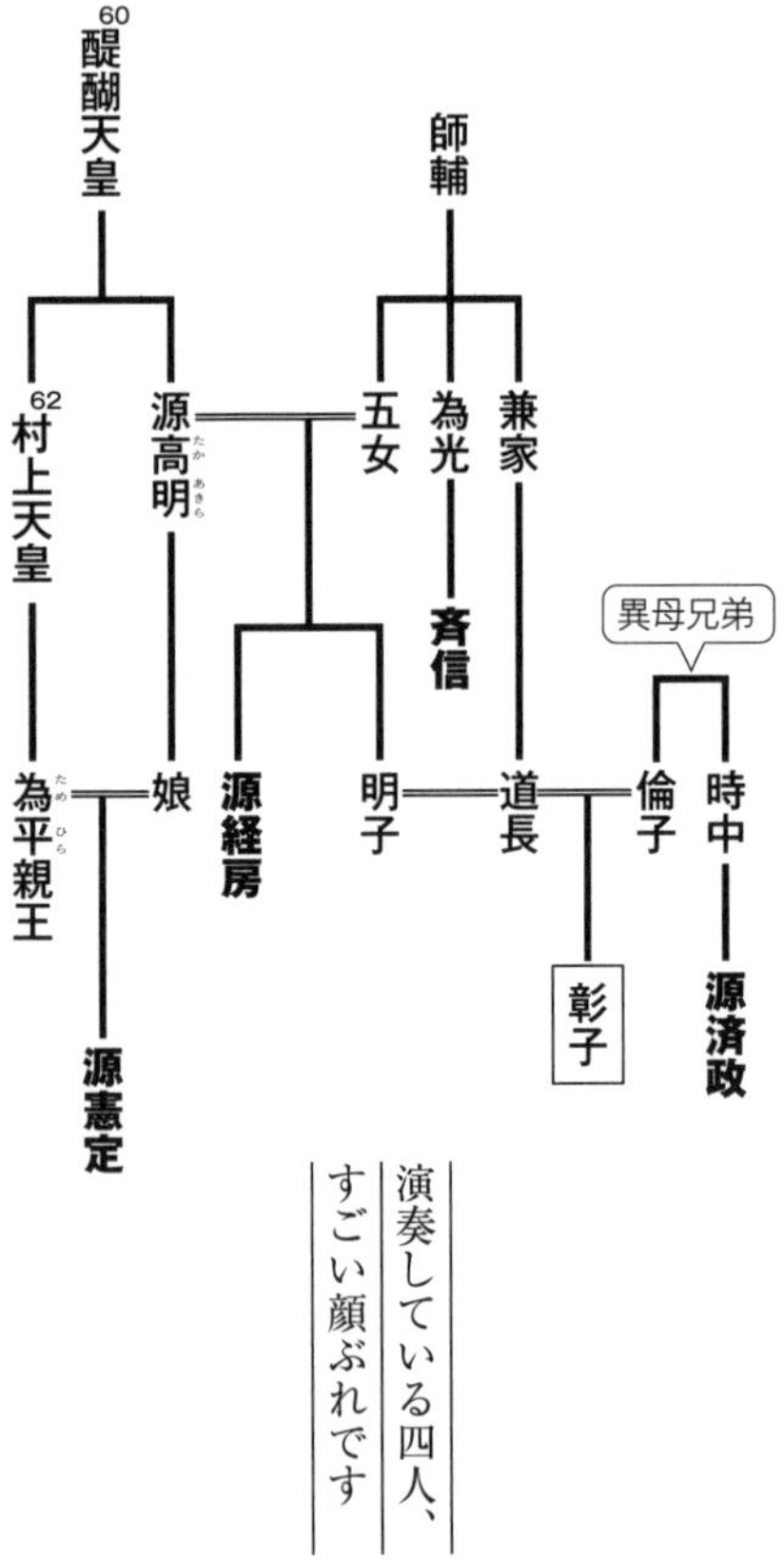

そして、ここ数年実家に帰っていた彰子の女房たちも、彰子の出産が迫っているため土御門殿に集まってきており、邸内はますます騒がしくなっていきました。

寝顔もステキ♡

八月二十六日、彰子が薫物《たきもの》（＝様々な香を混ぜて作った練り香）の調合を終えて、女房たちにも配りました。それをもらいに、たくさんの女房が彰子のところに集まります。紫式部ももらいに行き、自分の部屋に戻る途中に、宰相の君（豊子）の部屋の戸口を覗いたところ、豊子は昼寝をしていました。その時の服の色を細かく書いています（どんだけじっくり覗いているんだ⁉）。

表が黒がかった赤色で裏が青色、表が薄紫色で裏が青色など、いろいろな色の服を下に重ねて着て、濃い赤色の服を上に着ており、顔を衿の中に入れて、硯の箱を枕にして横になっている額のあたりが、とってもかわいらしい感じで美しく若々しい。絵に描いた美しい姫君のように思ったので、口を覆っている衣を引っぱってのけて、「物語の中の女君のようでいらっしゃるわね」と言いました♡

いやいや、「言いました♡」じゃないわ、だいぶ迷惑ですよね。あの紫式部がここまでできる先輩ということは、かなり心を開いているのでしょうし、慕っていることがわかります。豊子は兼家の孫にあたるので（66ページ参照）、等親的には彰子と同じはずなのですが、豊子の父道綱が正妻の子ではなく、愛人との子であることから、かたや中宮（＝彰子）、かたやその中宮にお仕えする女房（＝豊子）という立場なのです。そして、紫式部にこんな仕打ち（？）を受けているという。正妻の子かそうでないかで、さらにその子どもの運命がここまで変わってしまうのもシビアですね。

紫式部が慕うくらいですから、豊子はきっと性格がとても良く、素敵な先輩女房だったのでしょう。ちなみに、紫式部に起こされた豊子は、「気でも狂ったの!?　寝ている人をいきなり起こすなんて！」と言いながら、恥ずかしかったのか顔が赤くなっていたそうです。そりゃびっくりするし、そうも言うでしょう。そう言われた紫式部が書いていることは、「**そんな赤くなってらっしゃるお顔も、本当に美しく素敵でした♡**」です。反省の色ゼロ……ですが、ちょっぴりお茶目な紫式部でした。

倫子様こそお使いくださいませ

九月九日は重陽《ちょうよう》の節句です。九は「陽」の数字の1ケタの中で一番大きな数字で、その九が二つ重なるので「重陽」です。別名「菊の節句」とも言われ、菊を見たり、菊酒を飲んだりして、邪気払いや長寿祈願などをしました。「菊のきせ綿《わた》」という風習があり、前日の夜、菊の花を綿で覆っておいて、九日の朝に、夜露に湿った綿で顔や身体を拭うと老いを除いて若返るとされていました。

菊のきせ綿を、女房の兵部《ひょうぶ》のおもと（素性不明）が持ってきて、「これを、倫子様が特別にあなたに、と。『よ〜く老いを拭って捨てなさいね』とおっしゃっていたわよ」とのこと。

菊の露　若ゆばかりに　袖触れて　花のあるじに　千代《ちよ》は譲らむ

（訳 菊の露は、私はほんの少しだけ若返るくらいに袖に触れて、花の持ち主である倫子様に千年もの若返りをお譲りしましょう。）

この二人のやりとりは、純粋に相手の長寿を祈願したという解釈と、相手の老いを揶揄《やゆ》したという二通りの解釈があります。ここでは、「紫式部は道長の愛人だったのでは」説も踏まえて、後者の解釈をとりました。本当に愛人で、倫子もそれに気づいていたとして、上辺は節句の贈り物をして長寿を願っているようなやりとりをしつつ、皮肉合戦をしていたならば面白いな、と。勝手な偏見を入れてこのやりとりを簡単に解釈すると、倫子から「アナタ、いい年して私の夫の愛人なんて何やってるんだか。

この菊で老いをよ～く拭き取りなさい」とあったので、「いえいえ、アナタ様こそ老けてらっしゃるんだから、アナタ様にお返しするわ」と紫式部がやり返したというところでしょうか（注：完全に私の妄想です）。ここまでではないにしても、老いへの皮肉が込められているのであれば、道長の正妻相手にかなり大胆な返しをしていますよね。ただ、この和歌、実際には倫子に返していません。先ほどの和歌の続きに、「という和歌を返そうとしたら、**「倫子様はあちらにお帰りになりました」**とあったので、**もう返すのはやめました」**と書いています。渡していないからこそ、やっぱり皮肉の本音も多少あったんじゃないか……なんて邪推をしてしまう私です。ただし、本当にお互いに長寿を願いあっている可能性もありますので悪しからず。倫子はともかく、紫式部が彰子の母親に悪態をつけるわけがないと思うかもしれませんが、女の嫉妬がびっくりするようなことをさせてしまう可能性もゼロとは言えません。しかも倫子と紫式部は、またいとこ〔＝祖父母の兄弟姉妹の孫〕の関係なのです（次ページの二人の系図参照）。遠いですが、親戚関係にもかかわらず、相手〔＝倫子〕は権力者の正妻、自分〔＝紫式部〕は召し使いの立場で愛人です。根暗なところがある紫式部が倫子に対して、黒い感情を抱いていたとしてもおかしくはないかな、と思ったりもしますが、倫子は左大臣とその正妻の娘ですから、格が遠い過ぎることは自明のため、親戚という意識すらないくらいかもしれませんね。

倫子と紫式部系図

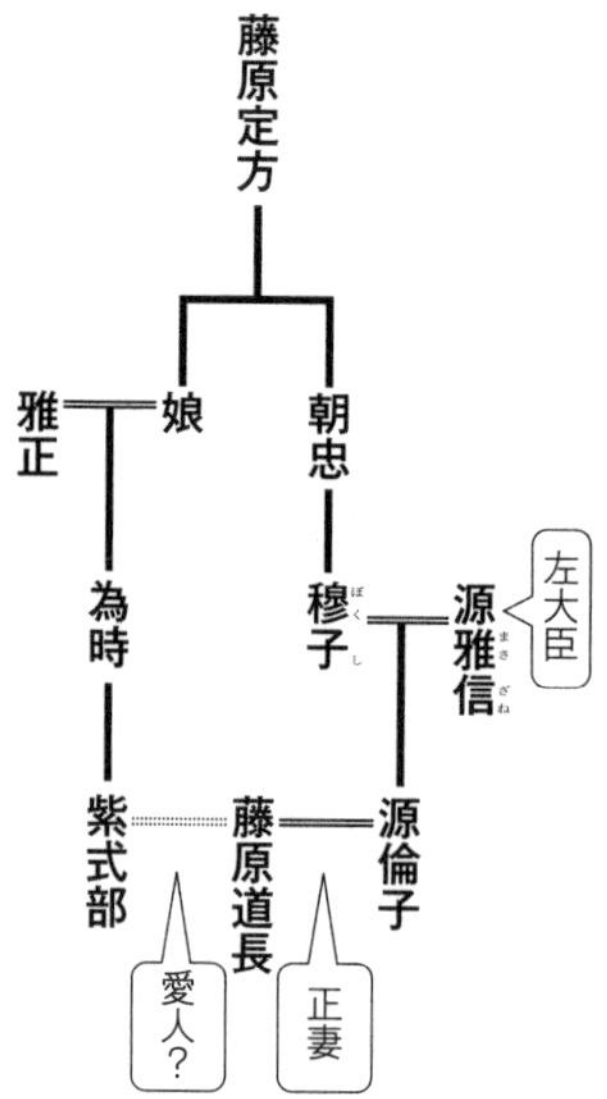

いよいよその時が近づいてきた

さて、そんなことがあった九月九日の夜に、紫式部が彰子のもとに参上すると、小少将の君や大納言の君（66ページ参照）などが控えていました。女房たちが彰子に庭の様子などを申し上げていたところ、彰子がいつもより苦しそうで、祈祷をすることになりました。紫式部は自分の部屋に戻り、少し休憩しようと横になったところ、そのまま寝入ってしまいました。「この状況で寝ちゃったの⁉」とズッコケそうになりますが、「出産はまだ」と思っていたのでしょうね。ただ、記録係でなくても「ご主人様が間もなく出産」という時に、いつもよりも苦しそうなら心配で気になって寝られなくなりそうなものなのに、紫式部、繊細のように見えて、意外とこういう図太いところもあるのです。しかも、道長から記録係頼まれているのに！　もしや、朝の倫子からの嫌味が紫式部の機嫌を損ねた⁉――なんてことは百%ないと思いますが、しっかりと仕事をこなしそうな紫式部にしては珍しいですね。夜中頃からいよいよ前駆陣痛がきたのか、邸内が騒がしくなってきます。これから始まる本番に備えて、先に少し寝ておいたのかもしれません。深い意図はなく、本人が書いているように、ちょっと一休みのつもりがついつい寝ちゃっただけだとも思いますが。

　九月十日の夜明け前に、出産用に部屋の模様替えをしました。当時の風習では、御産の際に、室内のすべての家具や装飾を白いものに換えるのです。道長や頼通・教通、四位・五位の人々が大騒ぎで御帳台《みちょうだい》〔＝床の上に台を作り畳を敷いて、四隅に柱を立てて四方に帳《とばり》を垂らした貴人の寝所〕の白い絹の垂れ幕をかけたりして、出産用の帳台の準備をしました。彰子は一日中不安な様子で過ごします。当時、体調が悪くなったり難産になるのは、物《もの》の怪《け》〔＝死霊・生霊の類〕の仕業だと考えられていたため、その物の怪を調伏《ちょうぶく》する〔＝追い払う〕ために加持祈祷をしました。物の怪を乗り移らせる囮《おとり》も使って、調伏を行いました。もともと寝泊まりしていた僧たちはもちろんのこと、山中、寺中からあらゆる修験僧《しゅげんそう》が集められ、陰陽師《おんみょうじ》もみな集められてお祈りをしましたが、十日は出産には至らず夜が明けました。彰子の女房たちは、北側の狭いところに、身動きもできないほどひしめいてお控えし、年輩の女房たちは、こっそりと泣い

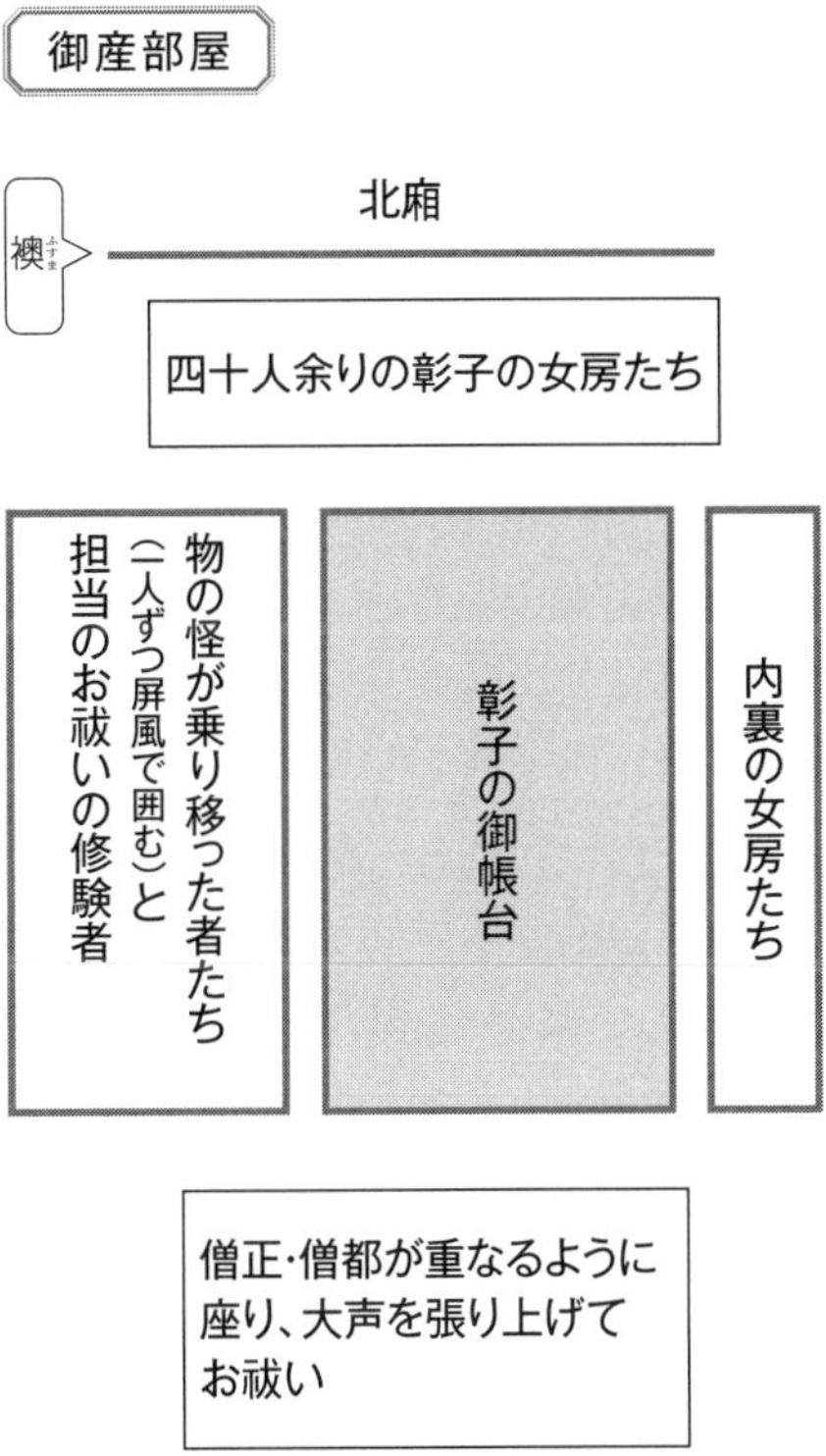

てとまどっていました。涙は不吉だと考えられていたため、タブーなのです。ずっと苦しんでいるのに、まだ生まれない彰子の容態が心配でたまらず、つい涙が出てしまうのを必死で隠しつつも、隠しきれないくらい動揺していたのです。

それにしても、当時の風習なので当然みんな真剣なのですが、現代から見ると、この状況の中で出産って、妊婦さんにとってかなりのストレスになっていたのではないか、と違う意味で心配になります。ただし、こう思うのも現代人の私だからであって、当時に生きていた彰子には、お祈りの声が響き渡っていることや、西側で物の怪が乗り移って奇声をあげている者たちがたくさんいたとしても、それが安心材料に聞こえていたのでしょう。何にしろ、「こういう状況で中宮の出産が行われていたのだ」と知れる貴重な資料です。現代人の私には勘弁してほしいところですが、当時はできることをすべて実施し、彰子の無事の出産を皆が願い、祈り、大騒ぎしていることがわかります。

十一日の明け方に日遊神《にちゆうしん》が母屋に宿りました。「日遊神」とは、穢れや不浄を嫌う神様で、家の中が汚れていると、その家の人々に災いをもたらすのです。出産は穢れとされるので、北側の襖を柱二間《ふたま》分外し、産所を北廂に移しましたが、御簾などもすぐにはかけられないため、几帳を何重にも重ねて、その中で彰子は過ごしました。相変わらず僧たちの加持祈祷と、涙をこらえられない女房たち。さすがにこの状況は、彰子にとってもストレスがたまりそうですよね。道長もそう感じて（ナイス！ 道長‼）、たくさんいた女房たちを南や東側に出して、この二間には、しかるべき者だけを控えさせました。几帳の中に二人の僧都も入れました（ええぇぇぇ！ 男性を入れるってどういうこと⁉ となりますよね。ですが、当時は無事に出産するために必要な男性です。現代の感覚だと、男性の産婦人科の先生方であれば、逆にいてもらわないと困りますし、いてくだされば安心ですよね。それと同じだと思われます）。もう一間には、長年彰子に仕えている女房が七人と、そこに勤務年数がそんなに長くない紫式部も混じって控えました。さすがに記録係に抜擢されただけはありますね。几帳の外にも女房たちがいて、人が通れないほどで、誰が誰だかわからないくらいのところに、頼通、教通、兼隆、雅通、経房、斉信なども心配のあまりに几帳の上からちょくちょく覗くので、女房たちは泣きはらした目などを見られたりしたけれど、恥もすべて忘れ去っていました。お祓いのためにお米をまくのですが、それが降りかかっていたので、後から考えると「どれだけ見苦しかっただろう」とおかしくなったようです。

ついに皇子出産！

難産のため、彰子の頭頂部の髪を削いで形式的に受戒させた時には、紫式部は絶望的な気持ちになり、「これはどうしたことか」と悲しみましたが、ついに無事出産しました！　ですが、後産《あとざん》（＝胎盤などが排出されること。通常出産から十分くらい）がまだ終わっておらず、また、定子が後産で亡くなったこともあり、僧も俗人もまだ大声で額をつけてお祈りしています。東側では女房や殿上人が入り混じりカオス状態でしたが、それも後には笑い話となりました。

紫式部 心の声

小《こ》中将《ちゅうじょう》の君は、普段メイクもバッチリで上品な同僚よ。この日も朝からきちんとお化粧をしてたんだけど、泣きはらして涙で化粧がドロドロになっちゃって、誰かわからないほどだったわ。化粧って怖いわね（笑）

あのかわいくて素敵な豊子先輩ですら、顔が変わっちゃってると思うほどですもの。そんなこと普通はないことよ。

ましてや、私なんてどうだったのかしら。何であれ、その時に見た様子をお互いに覚えていないことが不幸中の幸いね（笑）

話は出産の時に戻ります。物の怪が悔しがっているのでしょうか、乗り移られた者たちが大声で叫び声をあげて、それはもう恐ろしかったようです。物の怪に引きずり倒された阿闍梨《あじゃり》〔＝徳の高い僧〕もおり、他の阿闍梨が応援で加わりました。決して最初の阿闍梨が弱いのではなく、彰子にとり憑いている物の怪がそれほど手強かったのです。

そんな中、正午に、空が晴れて朝日が出てきたような気がしました。そうです、この時、皇子が生まれたのです。母子ともに無事なだけで幸せですが、さらに男皇子だったのです！　道長にとっては、それが一番重要です。彰子にとってもずっとプレッシャーだったでしょうから、出産自体の苦しみからも、そのプレッシャーからも解き放たれた瞬間だったと思われます。彰子には年配の女房でふさわしい人々が付き添いました。

午後には道長も倫子も別室に移動し、この数か月間、加持祈祷や読経をしていた僧たちにお布施を配ったりし、女房たちも各部屋で化粧直しをしました（ほら、皆、涙と化粧が混じってドロドロになっていますから）。公卿たちもとても嬉しそうで、悩み事や心配事を抱えている人がいたとしても、この今だけは幸せオーラに影響を受けて、マイナスな気分も忘れてしまいそうになるくらいの空気感でした。中宮の大夫である斉信は、特に他の人よりも嬉しそうなのが顔に出てしまうくらいです。兼隆は隆家とふざけながら対屋の簀子に座っていました。

隆家のこと、さりげに書いたんだけど、隆家が誰かをちゃんと覚えてるかしら?

道隆様の息子で、定子様の同母弟にあたる人よ。花山天皇に矢を射かけた罪で左遷されたけど、二年後に大赦《たいしゃ》（＝罪を許すこと）を受けて帰京して、その四年後には権中納言に復帰したの。隆家は気概がある人物だったから、道長様にもまあまあ認められていたみたい。でも、隆家はこの時、内心では絶対に冗談なんて言ってられないほどガッカリしてたんじゃないかしら。姉定子様が生んだ、一条天皇の第一皇子敦康親王がいるんですもの。彰子様に男皇子が生まれなければ、敦康親王が即位して、叔父である自分が政治を補佐する立場になれた可能性だってあるわけで、いつかそうなることを心の中でずっと切望していたはずよ。でも、彰子様の御子は男の子！　皆が「男の子だーっ!!」と大喜びする中で、きっと一人だけ「ああぁ、男かよ……」ってガックリだったと思うわ。敦康親王の即位でワンチャン狙ってたと思うんだけど、希望が絶たれたのよ。フフ、残念だったわね、隆家さん。

一日おきに誕生パーティー！

出産後の記録として、出産当日の午後六時頃に行った「御湯殿《ゆどの》の儀式」や女房たちの衣装について、十三日の夜に行われた斉信たち中宮職主催の「三日の産養《うぶやしない》」、十五日の夜に行われた道長主催の「五日の産養」、十六日の夜の「若い女房たちと経房、教通、兼隆の舟遊び」の様子が詳しく書かれています。

十七日の夜には、朝廷主催の「七日の産養」が行われました。伊周の息子で当時十六歳の道雅《みちまさ》が勅使（＝天皇の使者）として参上し、一条天皇からの贈り物がいろいろ書かれている目録を彰子に献上しました。道隆や定子が健在で、伊周があんなバカなこと（＝花山天皇襲撃事件）をしていなければ、権力を握る一族の子孫として政治の表舞台に立っていたはずなのに、現実は元ライバル宅へのパシリ（？）役です。道雅の心境を考えると、ちょっといたたまれないですね。とはいえ、四歳の頃に没落したのに、この一年前に蔵人になり、こうして一条天皇の近くで働けているのも、すべて天皇の恩情です。彰子は目録に目を通すと、すぐに返しました。また、勧学院《かんがくいん》〔＝藤原氏の学生《がくしょう》のための私学校〕からも、お祝いのために学生たちがたくさん参上しました。彰子に参加者名簿を献上すると、彰子はサッと目を通して、すぐに返しました。この日は朝廷主催なので、今までの産養よりも盛大なものでした。

それにしても、産後まもなくこんな大きなパーティーが二日に一回開催され、対応しなければいけない彰子が不憫ですよね。ただでさえ、命がけの出産を終えたばかりの体で、安静にしておかなければいけないはずなのに、様々な儀式や祝宴が続き、しかも初産でいろいろと不安でしょうし、ストレスＭＡＸ＋疲労困憊だと思われます。その証拠に献上されたものも、サッとしか目を通せていませんよね。それが彰子の精一杯だったのでしょう。紫式部も心配だったのか、御帳台の中を覗いて彰子の様子を見て、**「このように国の母として騒がれるような格式ばった様子にも見えず、少し気分が悪そうで、お顔もやつれておやすみになっているご様子は、いつもよりも弱々**

しく愛らしげでいらっしゃる」と書いています。「国の母」とは、ここでは「皇后」の意味です。「国の母」には、「今上天皇の母・次期天皇の母」の意味もあるのですが、この時点では、今、生まれた皇子が皇太子になることなどは決まっていないため、「皇后」でとります。ただし、一条天皇の第一皇子である定子が生んだ敦康親王は、一条天皇からは大事にされているものの、道隆や定子も亡くなっており、伊周も没落していることから、きちんとした後見がいないため、彰子が男皇子を生んだ以上、敦康が皇太子になれる可能性はほぼないことと、道長の孫にあたる今生まれた皇子が皇太子になるであろうことは、誰が考えても明らかでした。紫式部はそういうことをすべて見越して、どちらの意味でもとれる「国の母」（原文は「国の親」）という言葉を使ったのかもしれませんね。

十八日には、出産のための白一色期間が終わり、人々は通常の色とりどりな衣装に着替え、十九日の夜には、頼通が主催の「九日の産養」が行われました。

孫にデレデレ道長

彰子は産後一カ月以上、御帳台から出ることができなかったようで、女房たちは西側の御座所に夜も昼もお控えしていました。

道長は夜中にも夜明け前にもこちらにきては、乳母が眠っていようが乳母の懐《ふところ》をまさぐって若宮（＝生まれた皇子）を探すのです。乳母がぐっすりと寝入っていても道長はおかまいなしだったため、乳母は寝ぼけて目を覚ましていました。

道長様ったら、よっぽど若宮のご誕生が嬉しいのね。わかるわ、わかるけど、乳母も授乳でなかなか寝られない状況の中、ようやく眠れる時だってあるのに、本当にかわいそうだわ。べ、別に嫉妬しているわけじゃないわよ。本当に気の毒なのっ。

これは本当にお気の毒ですね。しかも、若宮はまだ生後一か月で首も据わっていないのに、道長は自分が満足するまで抱っこをしていたので、見ているほうはハラハラです。道長、嬉しいのかもしれませんが、かなり迷惑な訪問者と化してしまっていますね。

この場面、高校生の頃、学校で習いました。懐をまさぐってまで探すのも、「孫が生まれたことがよっぽど嬉しいのだろうな、でも、乳母にとっては眠たいのに超迷惑だろうな」と思ったことを覚えています。「孫が男皇子だったからこその、ここまでの喜び」という肝心なことを踏まえてそう思ったかが記憶になく（授業で教えてもらってはいるはずですが、それよりも、ただ純粋に「孫の誕生を喜んでいる道長」と思ったような気がします）、乳母の懐をまさぐるのも、「眠たいのに大変だっただろうな」とは思いましたが、あくまで孫の誕生を喜んでいる道長がしていることで、嫌悪感までは抱きませんでした。ただ、自分が大人になった今、これが現在に起こっていることであれば、「おい！」（＝何やってんだ⁉　道長！）となる案件です。本当に迷惑極まりないですね。時間も考えずに何度も何度もやってくるわ、まだまだ安定しない生後一か月の子を好き放題に荒々しく？　扱うわ、おまけにやっと寝られているのであろう乳母の懐まさぐるわ、こんなことされたらブチギレそうです。懐をまさぐって探すのも、本当に若宮がお目当てなのでしょうが、それでも「どこまさぐってるんだ⁉」ってなりますよね。高校生当時は、「道長」ですし、古文の中のお話なので、どこか現実離れしていて他人事というか、あくまで「物語」の中の孫大好きおじいちゃん、みたいなそんな印象しか（私は）抱かなかったのですが、たとえばですが、現代で実父が孫かわいさにこんなことをベビーシッターさんにしたとしたら……と想像するだけでも「勘弁してくれ」とドン引き、いや、ドン引きでは済まないかな、激怒しますね。自分がベビーシッターだとして、雇い主のお父様がこんなことしてきても鳥肌物で、「訴えますよ？」レベルですよね。「道長」ではなく、現代ならば、確実に気持ち悪い行動です。そう考えてしまうと、この道長に嫌悪感のようなものを抱いてしまいそうになるので、これ以上妄想するのはやめておきます。

ある時、若宮が道長におしっこをひっかけてしまったのですが、道長は直衣の紐をほどき、几帳の後ろで火にあぶり、「ああ、この若宮のおしっこに濡れるのは嬉しいことだなぁ。こうして濡れたのをあぶることこそ、願いが叶った気持ちがするよ」と喜びました（実際にあぶっているのは女房でしょうけど）。

道長があんな迷惑なことをしているのも、やはり悪気はなく、本当に嬉しくてたまらないだけなのです（ただし、「孫が」ではなく「男の子だったことが」ですが）。彰子が念願の男の子を生んでくれたことが嬉しすぎて、何でもアリなハイテンションですね。女の子であれば、絶対にこんなに喜んでいないでしょう。明らかな男女差別ですが、何度も書いている通り、これは当時、道長の立場であれば仕方がないことなのです。とはいえ、個人的には道長のためではなく、彰子が長年のプレッシャーからひとまず解放されたことに対して男皇子で良かったな、と思います。あくまでも、「当時の彰子のために」です。

一条天皇が若宮に会いに来る！　だけど私は……

十月十六日に、一条天皇が道長邸に彰子や若君に会いに来ることになりました。その日に向けて、道長は張り切って邸宅を飾り立てます。とても立派な菊を根っこから掘って移植させ、色が移り変わっているものや黄色が映える素晴らしいものがあり、本当に老いがどこかに去りそうな気がするほどの立派な菊です。

ですが、さすが紫式部。すべてが理想通りになりハイテンションな道長や、このめでたく華やかな雰囲気の中で、どうしてもブルーな気持ちになってしまうのです。

夜が明けても紫式部はぼんやりと物思いにふけっていたところ、水鳥たちが悩みなんてまったくないように遊んでいるのが目に入り、和歌を詠みました。

水鳥を　水の上とや　よそに見む　われも浮きたる　世を過ごしつつ

（訳）あの水鳥たちを、水の上で悩みもなく浮いているとよそに見ることができようか。私も水鳥たちと同じように浮ついた落ち着かない世を過ごしているのだ）

水鳥にしたら勝手に決められていい迷惑かもしれませんが、紫式部は水に浮いている水鳥に、完全に自分を投影しています。

あの水鳥たちだって、はたから見ていると、何にも考えないで楽しそうに浮いて遊んでいるように見えるけど、実際はきっととても苦しいのだろうなって私にはわかるの。私も同じだから。将来安泰の道長様に雇われて、彰子様にお仕えしている私も、はたから見れば何の心配もなく浮かれてお仕えしていると思われているんでしょうね。私がこんなにも苦しんでいるなんて、きっと誰もわかっていないように。ほんの少しでも人並みなもの思いしかしない人間だったならば、どこかの誰かさんみたいに風流ぶって若々しく振る舞って、この無常な世を過ごしたでしょうね。

この後、小少将の君から手紙が来て、返事を書いている途中で時雨《しぐれ》が降ってきたので、「空模様もブルーのようね」と書いたものの、その記憶すらあまり定かではないくらいの精神状態でした。小少将の君も心配になったのか、また手紙が来ました。

雲間なく　ながむる空も　かきくらし　いかにしのぶる　時雨なるらむ

（訳 私も物思いの絶え間なく心が曇っていましたが、空模様も雲の絶え間なく空を曇らせて時雨が降っています。どれだけ恋い偲んで降っている時雨なのだろう。私はあなたのことを思って泣いていますよ）

小少将の君は、紫式部と気が合う仲良しの女房ですが、本当に優しいですね。紫式部からの先ほどの返事を見て、紫式部がだいぶ落ち込んでいることを察知して、この折り返しの手紙です。紫式部は「水鳥と同じだ」とブルーになっていますが、こんなふうにわかってくれて、心配してくれる大切な人がいる幸せに気づいていたのかは不明です。自分の憂鬱な心情を話せる人がいることも幸せですよね。紫式部の返歌です。

ことわりの　時雨の空は　雲間あれど　ながむる袖ぞ　乾く間もなき

（訳）現実の時雨の空には雲の絶え間があるけれど、もの思いにふける私の袖は、涙に濡れて乾く暇もないわ（＝涙が止まらない）

く、暗い……。解釈に「私もあなたのことを思って（涙が止まらない）」と足せば、まだ良い感じの返歌ですが、それを入れなければ、せっかく慰めの追加の手紙をくれたにもかかわらず、闇の沼にはまって抜け出せていないことになります。ここはあえて入れない解釈にしました（紫式部さん、闇印象強めてすみません）。

十月十六日、一条天皇がいらっしゃる当日、庭園に浮かべる新しく造った船を道長がチェックします。船首に、生きているかのような龍の頭と伝説の鳥である鷁《げき》の頭が飾られていて、とても美しい見事なものでした。

一条天皇の到着は午前八時頃ということで、まだ夜明け前から女房たちはメイクアップにいそしんでいます。その頃、小少将の君が紫式部の部屋に来て、一緒に髪の毛を梳いたりなどしていました。「八時頃の到着らしいけど、どうせいつものように遅れるわよ。きっとお昼近くになるんじゃないかしら」などと言いながら、二人で余裕をかましていたら、天皇の行列の時に鳴らす鼓《つづみ》の音が聞こえてきたので、猛ダッシュで参上したとのこと。現代でもあるあるですよね。本人は「みっともなかった」と書いており、そうなんでしょうけど、ちょっと親近感が湧いてしまいますね。

一条天皇の御輿をお迎えする舟の中での音楽はとても素晴らしく、御輿を寝殿の階に寄せるのを見ていると、御輿をかつぐ担当者が、仕事とは言いながら肩にかついだまま階段を上って、とても苦しそうにしていました。紫式部はそれを見ながら、「**あの担ぎ手と私と何が違うことがあるだろう。高貴な人に混じって女房として仕えるのも、全然安心できないわ**」と、また憂鬱な気持ちになるのです。一条天皇の来訪という、とてつもなくめでたい場面ですら、目につく箇所が天皇ではなく、御輿の担ぎ手の苦しそうな姿なのです。

その後、三種の神器の一つである剣を左衛門の内侍が、天皇の印を納めている箱を弁の内侍が持っていて、その二人の内侍の服装をこと細かに書き、「**扇をはじめとして他のものも、弁の内侍のほうが左衛門の内侍よりもイケてる**」と書いています。

左衛門の内侍——紫式部のことを嫌っていた（82ページ参照）、あの左衛門の内侍です。「身に覚えのない不快な陰口を言われた」とのことでしたが、こういうところじゃないですかね？　直接言わなくても、こういう内心が左衛門の内侍に、なんとなく態度や視線で伝わっていて、その積み重ねで、左衛門の内侍は紫式部のことを嫌っていたのかもしれません。左衛門の内侍にとっては、「身に覚えはなくないわよね⁉」状態だった可能性もありますよね。とにかく、二人の相性があまりよくなかったのは確かそうです。

御簾の中の女房たちの服装も、天皇がいらっしゃるということで気合十分で飾り立てていて、女絵のようにみんながよく似た感じになってしまい、年齢の違いや、髪の毛がダメージを受けているかツヤツヤかの見分けがつくくらいでした。扇の上の額の様子が、人の容貌を上品にも下品にもするし、このようにはっきりとした区別がない中で「素敵だな」と目につく人こそが、この上なく美しい人なのだと書いています。このように、女性目線で女房の衣装などを細かく観察していることが書かれているのも、『紫式部日記』の特徴の一つです。

道長が若宮を抱っこして、一条天皇の前に連れてきました。一条天皇が抱っこをすると、若宮はちょっと泣いてしまいました。日が暮れるにつれて、音楽がとても趣深くなり、きちんと掃除された遣水が気持ちよく流れていて、池の水が波立っています。肌寒いのに、一条天皇は衵《あこめ》〔＝単衣と下襲の間に着るもの〕をたった二枚だけしか着ておらず、左京の命婦が自分も寒かったようで気の毒がり、女房たちはこっそりとそのことを笑いました。ですが、旧暦の十月十六日は、現代だと十一月中旬頃です。今は温暖化で十一月でもそんなに寒くない日がありますが、当時に衵二枚ではかなり寒かったはずで、左京の命婦が気の毒がるのもわかります。なんで天皇がそんな薄着なのか不思議に思うでしょうが、九九九年以降、派手な衣装や贅沢を禁止する勅命を何度も出していたからだと考えられます。庶民が自分のせいで寒い思いをしているのに、自分はモコモコに着こんでいたならば、さすがに反感買いますよね。

天皇の前で管弦の演奏がはじまり、とても趣があるときに、若宮の声がかわいらしく聞こえてきて、そんな様子に道長も「ああ、これまでの天皇のご来訪も、あれくらいのことでどうして名誉だなどと思ったのだろう。このようなこの上ない光栄な来訪もあったものを」と泣き上戸になります。彰子が皇子を生んだことにより、中宮職や道長家の家司《けいし》たちは位が上がり、また、この日に若宮を「敦成《あつひら》親王」とする宣下がありました。

一条天皇がいろいろすべきことをようやく終えて、彰子の御帳台の中に入って少ししか経っていないうちに、「夜が更けました。御輿を寄せます」と周囲の人が大声で騒ぐため、一条天皇は帰ってしまったのです。

そりゃ、天皇のために様々な催しを準備したことはわかるでしょうから、天皇もそれにつきあわなきゃいけないでしょうし、いろんな対応もしなければいけないし、なかなか彰子様のところにゆっくり行けないのはわかるけど、それでも、ようやく夜遅くに帳台の中で会えたのに、すぐに帰ってしまわれるなんて、彰子様が不憫だわ。みんな天皇と敦成様に夢中なんだろうけど、その敦成様を生んだのは彰子様なのよっ。ちょっとくらい彰子様のことを気遣って、天皇とお二人でゆっくりする時間も見越しておきなさいよっ！

翌朝、まだ朝霧も晴れない頃に宮中の使者がやってきて、後朝《きぬぎぬ》の文《ふみ》（＝男女が一夜をともにした翌朝に、男性から女性に送る手紙。届くのが早ければ早いほど、愛情が深い証だとされていた）を届けに来ただけ、まだ救いだけど……。

そうそう、十七日に、初めて敦成様の髪の毛を剃ったの。天皇には生まれたままの姿を見ていただきたいのと、「そぐ」という音の響きが「退《の》く」などに通じてよくないから、訪問前は避けていたの。

そして！　この日に、敦成様の家司や、別当などの職員が決まったんだけど、私、前もって聞いていなかったから、残念でたまらなかったわ。もともと私がしぶっていた女房仕えをすることにしたのも、「私の父や弟に何か官職を」と願っていたのが大きな理由の一つなのに、その肝心な根回しが何もできていないまま発表になっちゃって、案の定、私の身内が選ばれることはなかったわ。私、何のためにこんなつらい思いをしてまで女房をしてるんだろ……。はぁぁ、私って一体何なのかしら――。

紫式部よ、お前もか!?

十月十七日、日が暮れて月がとてもきれいな頃、藤原実成が、位が上がったお礼を彰子に伝えてもらうために、女房に会いに来ましたが、そこに女房がいなかったのか、この渡り廊下の東側の端にある宮の内侍（＝橘良芸子。以前は道長の姉詮子に仕えていた女房）の部屋に立ち寄って、「こちらにいらっしゃるか」と声をかけました。また、実成は紫式部がいる中の間に寄って、まだ鍵をかけていない格子の上を押し上げて、「いらっしゃるか」と言ったのですが、紫式部は返事もしませんでした。ですが、斉信が「こちらにいらっしゃるか」と言うのにまで無視するのはさすがによくないので、斉信にはちょっとした返事をしたのです。実成も斉信も、ここ最近のめでたい空気と自分たちも位が上がったことにより、何の物思いもない様子でご機嫌でした。実成は「私には返事しないで、斉信さんにはするんだね。斉信さんを特別におもてなしするんだ。そりゃ、僕よりも斉信さんのほうが立場は上だし当然だけど、よくないよね～、そういうの。こんな所で上司と部下の区別をハッキリつけるなんて」と咎めました。

もちろん、本気で怒ったのではなく、冗談で絡んできたのですが。

ただし、紫式部さん。居留守を使う先輩に対してキレていたことを、忘れたとは言わせませんよ？　アナタもじゃないですか！　どうした⁉　紫式部！

続きを読むと、次のように書いています。紫式部本人に語ってもらいましょう。

紫式部 心の声

夜が更けるにつれて、月がとても明るくなったのよ。「格子の下を取り外せ」と斉信様と実成様が責めたんだけど、上達部の方々が品格を下げてこんな所にいるなんてよくないし、若い人ならば若気の至りということで許されるだろうけれど、どうして私がそんな戯れをすると思う？　するわけないっての！

居留守を使ったのは、夜、こんなプライベートな部屋のところまで来ている殿方の相手をすると誤解されてしまうかもしれず、そんな品格を下げるようなマネを相手にさせたくなかったからなのです。自分もいい年をした大人なので、分別ある対応をしようとした結果、「居留守を使うのが正解だ」と判断したのです。現代で言えば、「職場ではきちんと働くけれど、休日の夜に自宅まで押しかけてきた取引先の人に、ドアを開けて対応するかというと、それはちょっと……」という感じでしょうか、いや、違うかな。ただ、少なくとも昔の先輩女房たちみたいに、恥ずかしいからとか、失敗したら嫌だからとかいう理由での居留守ではないようですね。

祝！　若宮生誕五十日

十一月一日、御五十日《おおんいか》のお祝いが開催され、右大臣顕光《あきみつ》と内大臣の公季《きんすえ》も来ていました。橋の上で、酔って騒いでいます。女房たちは御簾の前で二、三列になっていて、御簾を上げると、大納言の君、宰相の君、小少将の君、宮の内侍……と座っています。そこに酔っぱらった右大臣顕光が寄ってきて、几帳のほころんだところを引きちぎって暴れました。「いい歳して」と皆がコソコソ言っているのも知らずに、顕光は女房の扇を取り上げてみっともない戯れをしています。いつの時代にも困った酔っ払いがいるのですね。しかも、いい歳をした右大臣なのに。この顕光、右大臣ですが無能で、道長も「愚の骨頂」と言っていました。酒癖も相当悪かったようで、この時も女房たちは大変だったと思われます。

次の間では右大将の藤原実資《さねすけ》が、女房の衣装の褄や袖口の重ね着の衣装の枚数を数えていました。一条天皇の贅沢禁止の命令がきちんと守られているか、点検をしているのです。他の酔っ払いたちとは違って、とても真面目な人柄ですね。

「五十日のお祝い」話題人物図

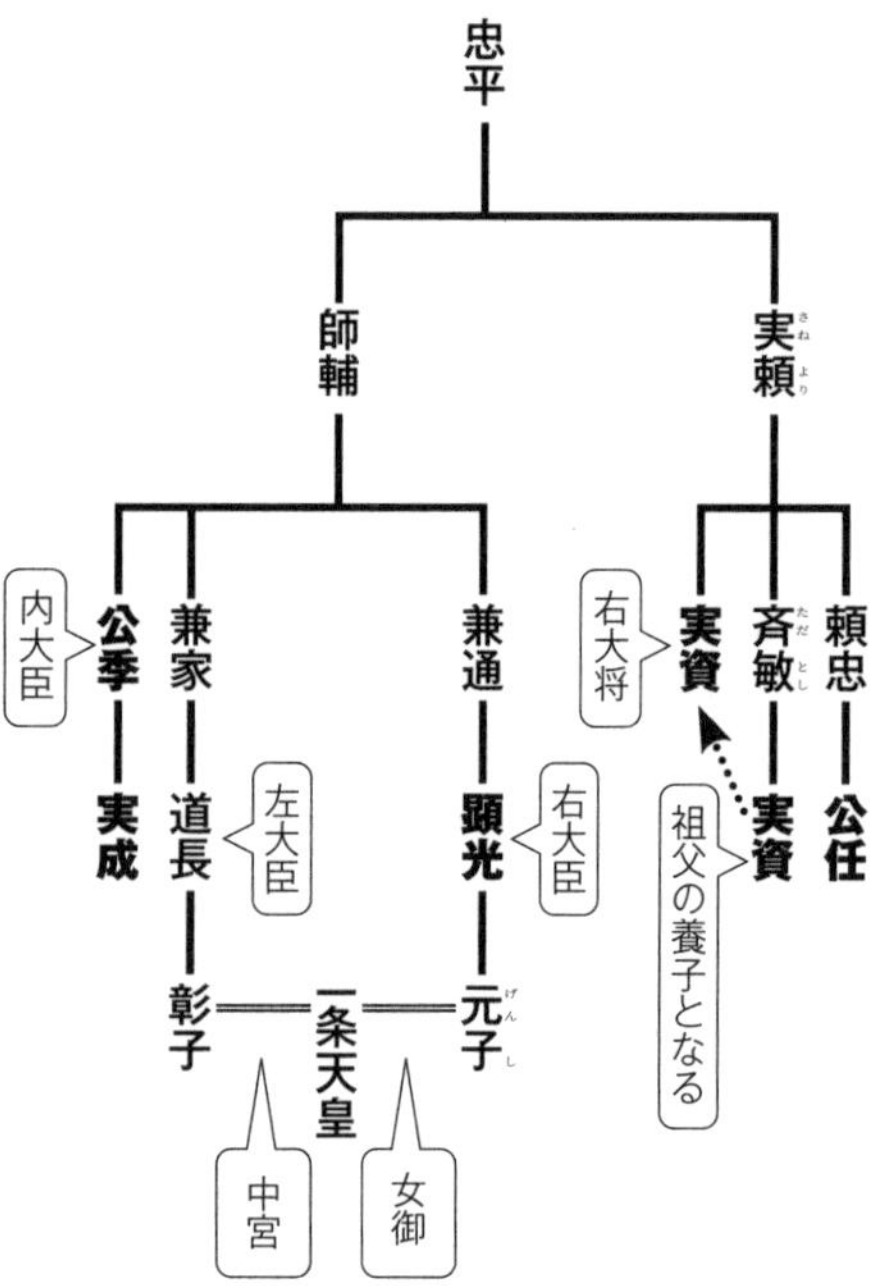

顕光様、またやらかしているわね。道長様のいとこだけど、本当に迷惑だし、正直右大臣としても無能な人よ。でも、そのほうが道長様にとってはいいわね。顕光様の長女元子様は一条天皇の女御なんだけど、父親があれじゃあ、ライバルにはならないもの。余計な争いがなくて助かるわ♪

それにひきかえて、実資様の素晴らしいこと！　やっぱり違うわ~。この方は権力などにひれ伏すことはしない、筋が通った素敵な人よ。だからこそ、道長様のことも批判されたりもしてるんだけど、道長様も実資様のことは認めていて、一目置いていたわ。私もこの時、周りは皆酔っぱらってるし、きっとよくわかっていないはずと思って、実資様にちょっと話しかけてみちゃったの！　そうしたら、思った通り、きどった今風の人よりもうんと素敵！

そんな時に、公任《きんとう》さんが「すみません、このあたりに若紫さんは控えてるかな」なんて、几帳の間から覗いて来たの。光源氏に似ている人もいないのに、紫の上がいるわけないでしょうが！　ったくもう。聞くだけ聞いてスルーしちゃったわ。

この公任の場面は、『源氏物語』の作者に対して、物語のヒロイン「若紫（＝紫の上）」の名前を出して絡んでいることになり、また、紫式部本人が「源氏」という言葉を使用している部分でもあります。この公任とのやりとりはこれだけで、すぐに次の実成の話になるのですが、このほんの少しのやりとりでも、『源氏物語』が貴族たちにもしっかり読まれていたことや、紫式部が作者なのであろうことが読み取れる貴重な部分です。

道長が実成にお酒をすすめ、実成が立ち上がったところ、ちょうど父親の公季が来たので実成は下座から出ました。それを見た公季は、自分に敬意を払って礼儀正しく行動する息子に感激して泣き出します。息子が権力者である道長から気にかけてもらっている、そんな立派になった息子の姿を見たから感激したという説もあります。

定子の弟の隆家は、隅っこの柱のもとで兵部のおもとという女房の袖を引っ張って、聞いていられないような戯れ事を言っていますが、道長は何も言いませんでした。隆家が隅っこにいて、あまりよろしくないことをわざわざ書いている紫式部。「定子の弟」ということが、紫式部にそうさせてしまうのかもしれませんね。
酔っ払いが大量に出現しているこのお祝い、紫式部は「恐ろしい」と感じて、祝宴が終わるとすぐに、豊子と一緒に隠れようとしていました。それが正解ですよね。さっさと退散したほうが身のためです。二人で、彰子の御帳台の後ろに座って息をひそめて隠れていましたが、道長は酔っぱらいながらもしっかり見ていたのです。几帳を取り払って、両方とも捕まえて座らせました。「和歌を一首ずつ読んだなら許してあげるよ」とのお言葉。こうなったら読むしかありません。

いかにいかが　数へやるべき　八千歳《やちとせ》の　あまり久しき　君が御代《みよ》をば

（訳 今日の五十日《いか》のお祝いに、どのようにどうやって数えることができようか。長く長く幾千年余りにも続くあまりにも長い若宮さまの御代を）

「いかに」に「どのように」と「五十日《いか》」がかかっています。今日の五十日のお祝いと、敦成の長い御代を願って即座に詠んだ和歌で、さすがですね。道長も「おお、うまいね」と紫式部の和歌を二回口ずさんで、すぐに返歌をしました。

あしたづの　よはひしあらば　君が代の　千歳《ちとせ》の数も　かぞへとりてむ

（訳 鶴のように千年の寿命が、もし自分にもあるならば、若宮の御代の千年も数えることができるだろうよ）

酔っぱらっている状態で、こんな風にすぐに返歌ができるのもすごいですよね。道長も自画自賛状態になり、「中宮様、お聞きになっていますか？　うまく詠みましたよ」と言い、「中宮のお父上としてオレは悪くないだろ？　オレの娘として中宮も悪くなくいらっしゃるぞ。母さんもまた『幸せだわ』と思って笑ってらっしゃるようだ。『良い夫を持ったわ！』と思っているようだね」と冗談を言います。かなり酔っぱらっており、倫子は「聞いてられないわ」と思ったのでしょう、そこから退席しました。

そもそも倫子は左大臣源雅信の娘で（168ページ参照）、もともと后となるように育てられてきました。ですが、タイミングが合わなかったことと、母穆子《ぼくし》の勧めから道長と結婚したのです。今、道長たちが住んでいるこの土御門殿だって、倫子が親から伝領したものです。政治や経済において、倫子が道長をどれだけ助けて支えてきたことか！　倫子にしたら「『良い夫を持った』だぁ？　ふざけんじゃないわよ！　アナタのほうが、どれだけ良い妻を持ったのかわかってんの⁉」状態でしょう。無言の退席で抵抗したのです。道長は「マズい！」と察し、「送らないと母さんが恨んじゃう」と言って、急いで彰子の御帳台の中を通って追いかけながら、「中宮は失礼だとお思いだろうね。でも、親がいるからこそ子も立派なんだぞ」とぶつぶつ言っているので、女房たちは笑いました。こんなドタバタ劇も見られるくらい道長はハイテンションで（ちょっと悪酔いでもありますが）、皇子誕生が嬉しくて仕方がない様子が伝わってきます。男性が書く公式な記録であれば、カットされてしまいそうなこんな場面も、近くから見て書かれており、こんな人間臭い一面も知れる『紫式部日記』です。

一条天皇への贈り物

五十日《いか》のお祝いも終わり、そろそろ彰子が宮中に戻る時期も近づいてきます。女房たちはいろいろと行事が続いて大変でしたが、彰子が「物語冊子を作る」と言い出しました。宮中に戻ったときに、一条天皇に渡すプレゼントにしようと考えたのです。物語はもちろん貴族間でも大流行の『源氏物語』。おかげで（?）紫式部は夜が明けると真っ先にお仕えし、様々な色の紙を選んで源氏物語の原稿を添えては、いろんな能書家に清書の依頼を配りました。一方で、清書し終えたものを綴じ集めて冊子にしていきます。当時は印刷機や製本機などもちろんないので、すべて手作業で書き写して、綴じて、と大変な作業です。しかも、天皇への贈り物ですから、きちんとした紙に、丁寧に清書したものでなければいけません。

道長も「どこの子持ちが、この寒い時期にこんなことをするのか？」とあきれながらも、上質の薄様の紙や、筆、墨などを持ってきてくれました。彰子が、一条天皇に喜んでもらうためにやっていることですから、応援しないわけにはいきません。パッとしたライバルは今のところいませんが、夫婦仲が良いに越したことはありません。これもすべて、「敦成親王が皇太子になれるように」なんでしょうけど。道長は硯まで持ってきて、彰子がそれを紫式部に与えると、道長は大声で惜しんで、「こんなことをし出すとはね」と大げさに責めてくるのです。そのくせ、上質な墨や筆などを与えました。口では反対しているようなことを言っていますが、おもいっきり応援しているのです。

道長にとっては、外戚として権力を握ることが一番の目的なのですが、このように紫式部に惜しみない援助もしているのです。『源氏物語』のファンだったのか、はたまた愛人への支援的なものなのか、何にしろ、長編の『源氏物語』が現代にも残っているのは、こんなふうに、権力者である道長がバックについていたことが大きいのです。

紫式部 心の声

この物語冊子制作のために、実家から『源氏物語』の原稿を取り寄せて、宮中の自分の部屋に隠しておいたのね。そしたら、私が彰子様のもとでお仕えしている間に、道長様がこっそり私の部屋に入って、捜し回ってこれらを見つけ出して、彰子様の妹の妍子様に全部あげてしまったらしいの。それに気づいた私は「嘘でしょ!?」って呆然自失状態よ。道長様じゃなかったら発狂してる……。まずまずという感じに書き換えたものは、全部分散して失ってしまっているし、隠しておいた手直しを入れていない草稿が妍子様のもとに渡ってしまい、これはきっと気がかりな評価を受けてしまうことになるわね……。

道長が紫式部の留守中に、勝手に紫式部の部屋に入り込んでいることが書かれています。どの女房のプライベート空間にもズケズケと侵入する権力者だったのか、それとも、道長と紫式部が、ただの雇い主と女房以上の関係だったからなのかは不明ですが、こんなふうに女房の部屋にまで、しかも、本人がいないのに侵入する雇い主は、古文の作品中にあまりいないように思います。ましてや、隠しておいた私物を黙って全部持って行くとか、完全に犯罪でしょう。これはひどい。愛人であったとしても、これはひどいよ、道長さん。たしかに権力者かもしれませんが、人間性を疑ってしまいます。「権力者だから」なのかもしれませんが、こんな人が雇い主なんて最悪ですね。「恋人だから」なのであれば、そんな恋人、私なら即別れますけどね。

このひどい内容の後に、若宮が「あ～」などと声を発するようになったことが書かれており、「一条天皇が早く会いたがるのも当然だ」と締めくくっています。紫式部も、このひどい内容の後にかわいらしいことを書いて、爽やかな印象に戻したかったのかもしれませんが、うん、無理ですね。

牛車の相乗りは誰？

彰子は十一月十七日の午後八時頃、宮中に戻ることになりました（時間がおして、実際の出発は夜も更けた頃でしたが）。中宮付きの女房は三十人余りで皆髪上げをしていて、顔がよく見分けられません。天皇付きの女房も十人余りいました。

さて、ようやく出発です。牛車で宮中に帰るのですが、誰と、どの順番で乗るのか決まっていました。彰子の御輿《みこし》には宮の宣旨《せんじ》（＝天皇からの命令やお言葉を取り次ぐ中宮付きの宣旨役の女房。ここでは、醍醐天皇の第十一皇子である兼明《かねあきら》親王の子、源伊陟《これただ》の娘陟子《たかこ》）が相乗りします。続いて、外側を絹糸で飾ってある豪華な牛車に、倫子と敦成親王を抱いた少輔《しょう》の乳母（＝大江清通《おおえのきよみち》と宰相の君（豊子）との娘。母娘ともに敦成親王の乳母）が相乗りします。続いて、黄金色の飾り付けをした牛車に、大納言の君と宰相の君（豊子）が、次の牛車に小少将の君と宮の内侍が、その次の牛車に紫式部と馬の中将（66ページ参照）が相乗りしました。ここで問題（？）発生です。馬の中将が紫式部と同じ車に乗ることが不満で、それがありありと目に見えたのです。馬の中将は紫式部のことを見下しており、「なんで私がこんな中流貴族出身の女と同じ車なのよ」という気持ちなのでしょう。

次に殿司《とのもり》の侍従の君、弁の内侍、その次に左衛門の内侍、殿の宣旨の式部までは順番が決まっていて、それ以降は思い思いに乗りました。

紫式部 心の声

馬の中将ったら、露骨に嫌な顔をするの。だから、こういう女房生活って嫌なのよね。まともに仕事もできないくせに、身分や家柄とかだけはちゃっかり気にしちゃってバカみたい。中流貴族出身の私が、彰子様の女房の中ではかなり上に位置する人間であること、馬の中将は認めたくないでしょうけど、この順番で乗ることが決まってるんだから仕方ないじゃない。「道長様に厚遇されたからでしょ、いい気になって」とか思ってるんでしょうね。それでも、私、乗り気じゃないのに宮仕えを始めた割には、期待に応えて頑張って働いてると自分でも思うわよ?

到着後、月が明るくて丸見え状態の中、車から降りて歩かなければいけなかったの。私がしゃしゃり出ていったら、またどんな不機嫌な顔をされるかわからないから、馬の中将を先に行かせたわ。そしたら、彼女ったら、どこに行くのかもわからないようなたどたどしい様子なんですもの、笑っちゃいそうになったわ。別にさっきの腹いせじゃないわよ。事実を書いているだけ。まあでも、だから、私の後ろから歩いてきている人は、私のことをそう思って見ているんでしょうね。そう思うと恥ずかしいわね。

部屋に入って横になっていたら、小少将の君が来たの。やっぱり、私は彼女と気が合うわ。お互いに「こういう宮仕えってやっぱりつらいわよね」と愚痴り合っちゃった。それにしても、この小少将の君はとても上品でかわいらしいのに、男女のこととかをつらいと思い込んでいるのよね。お父様である源時通様が出家されたことからが不幸の始まりだったかと思うわ。小少将の君は人柄だってとても良いのに、びっくりするくらい運がなくて……本当にお気の毒だわ。

こうして、彰子は七月中旬からの約四か月間の里帰りを終えて、女房たちと宮中に戻りました。敦成親王が生まれる前、生まれる瞬間、生まれた後、誕生日パーティーなど、紫式部の目線でとても詳しく、誰がどこにいたか、どんな衣装だったかなども記録されており、とても華やかでめでたい場面と、ちょいちょい、いや、かなりの割合で挟まれる作者の憂鬱ぶりとの落差が激しい日記です。道長からの依頼であれば、この後、いろんな人の目に触れることはわかりきっているはずなのに、普段隠しているような憂鬱な自分の内面を、あの紫式部がさらけ出すなんて、かなり違和感を覚えませんか。見られることをわかっていて書いていると考えると、この内面の吐露すら本音かどうか疑わしいとも思ってしまいます。なんでこんなものを、彰子の出産記録に入れたのでしょう。本格的な「かまってちゃん」な可能性もありますが、紫式部はおそらくそういう性格ではないと思われます。何かしらの意図をもって、わざと入れている気がしてなりません。ただただめでたいこと一色よりも、より落差を出したくて入れたのかもしれませんし、もしかしたら『枕草子』への反抗心かもしれません。没落した中でも、それを見せずに華やかなことを数多く書き残したあの作品。それをみんなが読んで、定子の時代を懐かしんでいるという現状を何とか打破したくて、どうすればいいかを考えた紫式部は、「清少納言と逆にいこう」と決めたのかも。栄えていくしかないという素晴らしい状況の中で、あえて憂鬱で苦しんでいる自分を見せる。そして、それとなく清少納言の批判も入れる。一人だけだと浮いてしまうから、有名な三人の女房の批評という形をとって……などと、緻密な計算の上で書いたのか、なんて想像もしてしまいます。なんせ幼い頃から頭の回転が速い彼女ですから、ね。

現実的には、山本淳子先生が『紫式部日記　現代語訳付き』（角川文庫）の解説に書いていらっしゃるように、自己の内面などは書かれていない「出産記録」を道長（もしくは彰子）に献上した後、紫式部がその写しに個人的な憂いなどを大幅に書き加えた私家本が、『紫式部日記』として流布してしまった可能性も大いにあるだろうな、とも思われますが、謎が多い『紫式部日記』の成立事情、正解はわからないので、いろいろと妄想してみるのも面白いですね。

終章

紫式部の出仕生活

～敦成・敦良編～　そして、その後

いつの間に第二子が!?

『紫式部日記』の最後は、一〇一〇年正月の記録で締めくくられます。この記録は、年月不明エピソードの後に、突然**「今年正月三日まで、宮たちが「御戴餅《いただきもちい》の儀式」のために毎日清涼殿に参上します」**と始まるのです。「宮たち」とあるように、この時には彰子の第二子が生まれています。一〇〇九年十一月二十五日に、彰子は一条天皇の第三皇子となる敦良《あつなが》親王を出産しました。敦成親王の時と同じように、六月頃から土御門殿に里帰りもしていましたが、その際の記事がまったくありません。それにしては、突然お正月の御戴餅の儀式からまた書き出しているのも、どうにも腑に落ちないのですが、現存の『紫式部日記』はそうなっています。

「御戴餅」というのは、正月の最初の吉日に幼児の頭に餅を触れさせて、将来の幸せを願い祝言を唱える行事です。この時は、頼通が宮たちを抱っこして、道長がお餅を取り次いで一条天皇に差し上げて、天皇が宮たちの頭にお餅を載せました。定子の子である第一皇子の敦康親王は、十一歳で幼児ではないため儀式に参加していません。彰子付きの身分の高い女房は、宮たちのお供として参上しましたが、彰子は参加しませんでした。不参加の理由は書かれていませんが、二日の中宮主催の祝宴も中止されているため、体調不良でしょうか。年末の十二月二十六日に里帰りから宮中に戻って来たばかりでしたので、少しお疲れだったのかもしれませんね。

紫式部 心の声

元日のお屠蘇《とそ》を飲む「御薬の儀」で、彰子様に給仕する役は豊子先輩〈＝宰相の君〉が務めたの。衣装が特別でとっても素敵だったわ。取り次ぎの蔵人は内匠《たくみ》と兵庫《ひょうご》が務めていて、髪上げをしている姿とか格別よね。文屋《ふや》時子っていう天皇付きの女房が、御薬の儀の女官を務めていたんだけど、いかにも利口ぶって学識があるように振る舞っていたのよ。それごときで利口ぶるなんて、見ていておかしかったわ。

二日、彰子主催の宴が中止になった代わりに、臨時客〔＝年始に中宮や摂関家で大臣・公卿を招いて催される、公式のものではない宴会〕を開催しました。道綱、実資、斉信、公任、隆家、行成、頼通、有国、正光、実成、源頼定《よりさだ》が向かい合って座りました。また、源俊賢《としかた》、藤原懐平《かねひら》、源経房、藤原兼隆の四人は、殿上人の席の上座に座りました。これまでに人物関係図で紹介した人がたくさんいますが、有国以外の人物関係図を次ページにあらためてまとめておきます（有国に関しては113ページ参照）。

さて、道長が敦成を抱っこして出てきて、いつものように敦成に挨拶をさせてかわいがり、倫子に「次は敦良を抱っこしよう」と言ったところ、敦成はヤキモチを妬いて、「いやーっ」と駄々をこねました。道長が、そんな敦成がかわいくてなだめたりしているのを、実資がおもしろがったようです。

臨時客関係図

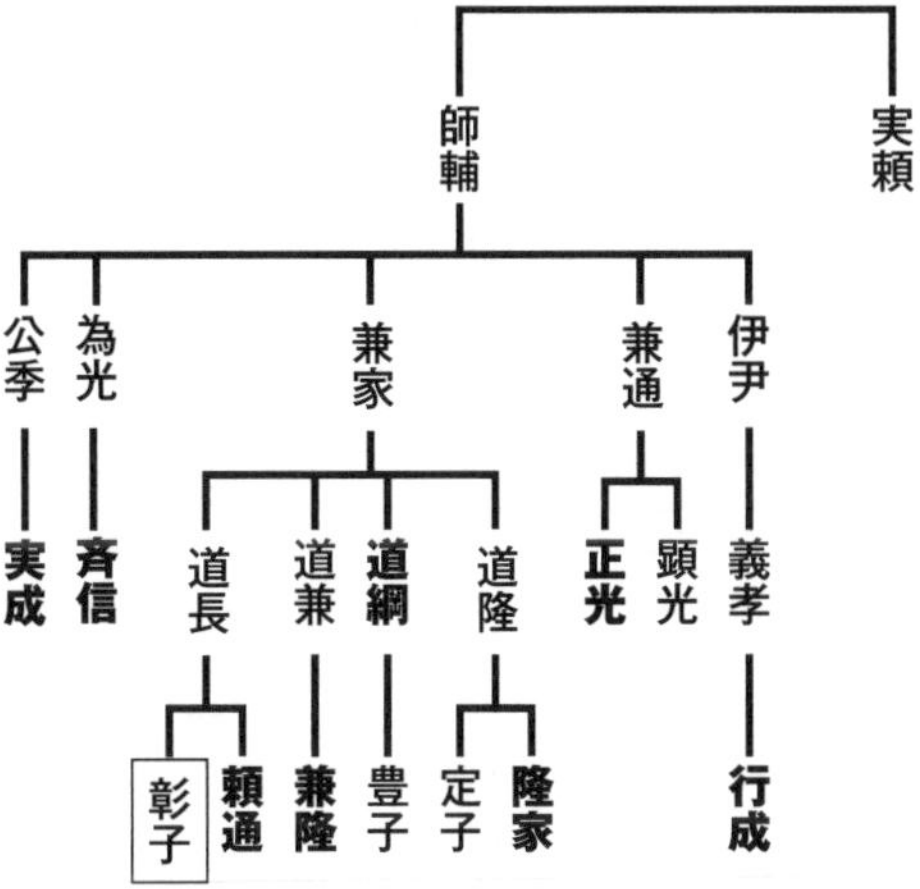
実頼
師輔
公季
為光
兼家
兼通
伊尹
実成
斉信
道長
道兼
道綱
道隆
正光
顕光
義孝
彰子
頼通
兼隆
豊子
定子
隆家
行成

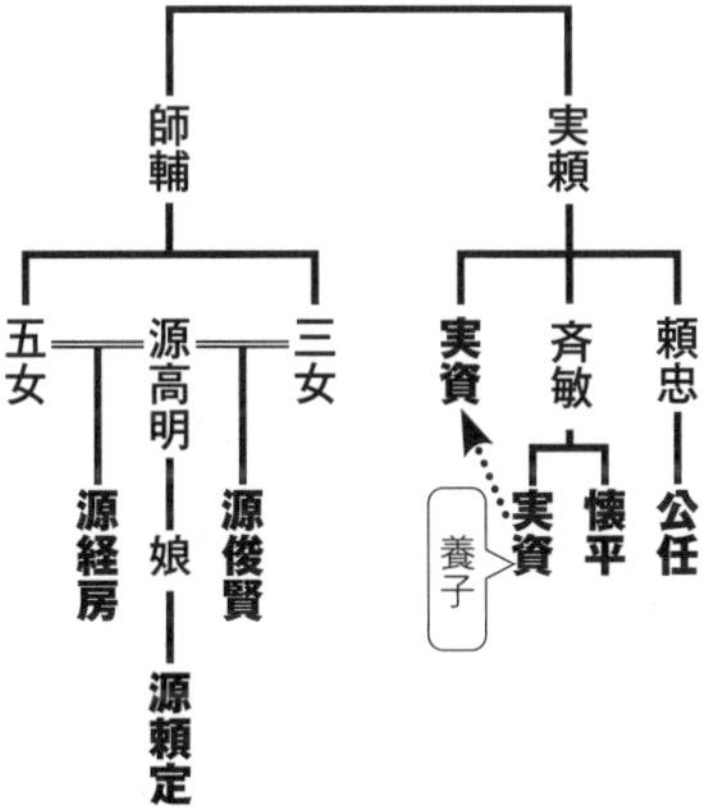
師輔
実頼
五女
源高明
三女
実資
斉敏
頼忠
源経房
娘
源俊賢
源頼定
養子
実資
懐平
公任

この後、お客たちは清涼殿に参上しました。一条天皇も殿上の間にお出ましになり、管弦の遊びをします。道長がいつものように酔っぱらっています。紫式部もいつものように「煩わしい」と思い、隠れていました。道長は紫式部を見つけると、「どうしてお前の父親は、天皇の管弦の遊びに呼んだのに、急いで帰ってしまったんだ⁉ 偏屈なヤツだな」と言ってきました。さらに、「お前の父親の失態が許されるような和歌を作れ。今日は初子《はつね》の日だぞ。父親の代わりに一首詠め」と責めましたが、これで詠んだならば見苦しいだろうと考えた紫式部は詠みませんでした。

これまでであれば、道長に詠むように言われた時には即座に詠んでいたはずですが、今回は無視を決め込んでいます。和歌が思いつかなかったとは考えにくいので、より本音で道長に接することができるようになったのかもしれませんね。女房としても成長したのでしょうか、無視をしてもいい関係性が築けていたのだと思われます。そうでなければ雇い主、しかも今をときめく道長の命令をただの女房が無視するなんて、普通できないはずです。どんな理由があるにせよ、何も言わずにやり過ごすなんて、よほど近しい間柄じゃないと無理な気がしますので、この二人、やはりそれなりの関係だったのではないか、と思ったりもします。この数日前にケンカをしていて、酔った道長が紫式部に絡み、紫式部は無視……とかなら面白いですね。ただ、このすぐ後に「**灯火に照らし出された道長様のお姿が華やかで理想的**」と書いているので、ケンカ中ではないかな。もしくは、ケンカ中ではあるけれど、あらためて道長のそういう姿を見ていて「やっぱ素敵よね♡」と思い、日記には本音を追加したのか……妄想はこの辺にして『紫式部日記』に戻ります。

道長は帳を引き開けて、寝ている敦成と敦良を見ながら、「長年、彰子が子供もおらずさみしそうで一人でいたのを、自分もさみしく見ていたが、こんなふうにうるさいくらい、左右に宮たちを見られるとは、本当に嬉しいよ」と言い、「**野辺《のべ》に小松のなかりせば**」と口ずさみました。『拾遺和歌集』にある「**子《ね》の日する野辺に小松のなかりせば千代《ちよ》のためしに何を引かまし**」（㊢ **子の日の遊びをする野原に若い松がなかったならば、千年長寿祈願のために何を引けばよいだろうか**）の二・三句目で、「引き歌」ですね。お正月の最初の子の日に、野原の小松を引き抜いて長寿を祈る行事があり、この日は道長のセリフにあったとおり、お正月の最初の子の日でした。初子の日のことを詠んだ和歌から引っ張り、和歌中の「小松」に、今、目の前で寝ている「若宮たち」を投影しているのです。長寿祈願に小松が必須だったように、道長にとって、若宮たちが長寿の源・繁栄の証となっているのでしょう。

紫式部 心の声

道長様に絡まれた時、しゃしゃり出て詠まなくて本当に良かったわ。新しく作って詠むよりも、こういう折にピッタリの有名な古歌を口ずさむ道長様、本当に素晴らしかったもの。

翌日の夕方にも中務《なかつかさ》の乳母《めのと》（＝源隆子。敦良親王の乳母）と、この時の道長様のお言葉を褒め合ったくらいよ。隆子さんは、道理をよくわきまえていて、頭の良い人なの。その人が褒めるくらい素敵だったんだから。

敦良親王、五十日のお祝い

一〇一〇年一月十五日に、敦良親王の五十日のお祝いが開催されました。紫式部は少し実家に帰っており、当日の夜明け前に参上しました。小少将の君は、すっかり明るくなってから参上し、いつものように同じところで二人でいました。二人の部屋を一つに合わせて、どちらかが実家に帰っているときもそこで過ごします。同時に参上しているときは、几帳だけを隔てにしていました。本当に仲良しですね、この二人。

道長様が、そんな私たちを見て笑いながら、「お互いに内緒にしている恋人が、夜訪ねてきたらどうするんだ?」なんてセクハラまがいな発言をしてきて、正直ひいちゃったわ。道長様ったら一体何考えているのかしら!?　私も小少将の君も、秘密の恋人がいるようなよそよそしい関係じゃないので、そんな

心配無用ですっ！

　私たち二人は、日が高くなってから彰子様のもとに参上したの。小少将の君は桜の袿に赤色の唐衣《からぎぬ》、いつもの摺《す》り模様の裳《も》を着ていたわ。私は紅梅の袿に萌黄《もえぎ》〈＝黄緑色〉の表着、柳〈＝くすんだ黄緑色〉の唐衣、摺り模様の裳などを流行を意識してチョイスしたんだけど、完全に失敗だったわ。小少将の君と取り換えるべきなほど、若作りしちゃった。私としたことが恥ずかしい……。

　一条天皇と彰子様は御帳台の中にいらっしゃったの。朝日が輝いてまばゆいくらいの立派なお二方よ。中務の乳母が敦良親王を抱っこして、御帳台の間から南のほうに連れて行って、あ、ほら、中務の乳母は、お正月に私と道長様を褒め合っていた人よ。小柄だけど、ゆったりと重々しく、知性的な人ね。

　そうそう、その日の女房の衣装は、誰もが素晴らしかったわ。だけど、袖口の重ねている色のセンスがよくない人がいて、その人がお膳を取り下げたから、たくさんの公卿や殿上人に見られちゃったの。そのことを、後から豊子先輩とかが悔しがっていたみたい。

でも、私はそんなに悪いとは思わなかったわ。唐衣が織物じゃないことがダメって言ってたのかしら？　それなら、それは無理よ。だって、唐衣の織物は禁色だから、天皇からのお許しがないと着れないんですもの。それを批判するのは理不尽だわ。豊子先輩がそんな無理なこと言って残念がるなんて、どうしちゃったのかしら。逆に私がそんな豊子先輩にちょっぴり残念だわ。

最後少し私の創作も入れちゃいましたが、お気に入りの先輩女房にも反論しており、やはりこの頃の紫式部は、敦成誕生記録の頃よりも女房としてかなりたくましくなり、板についてきたように見受けられます。

さて、敦良親王の口にお餅を含ませる儀式も無事終わりました。この後、どの女房がどこに座っているかが細かく記録されています。

一条天皇は、平敷《ひらしき》〔＝床の上に直に畳を敷いて、その上に茵《しとね》を置いた座席〕に座り、前に食膳が並べられました。食事や飾り付けなど、言い尽くせないほどの豪華さです。上達部たちは、簀子《すのこ》にいて、天皇のいる北を向き、西を上座にして、左大臣道長、右大臣顕光、内大臣公季、道綱、斉信、公任と座っています。紫式部がいる場所からはここまでしか見えなかったのですが、頼通、兼隆、実成、行成なども列席していました。

管弦の遊びがあり、殿上では、公任が拍子をとり、源道方が琵琶を、源経房が笙を演奏しました。お琴の演奏者の名前の部分に脱字があり、残念ながら誰が演奏したかは不明なのです。演奏された曲名なども記録されています。顕光が「和琴がとても素晴らしいなあ」と賞賛していて、そこで終わればいいものの、あの悪酔いで有名な顕光です。このまま平和に終わるわけがなく、今回もやらかします。一応、祝宴が終わって天皇が会場からいなくなった後のことでしたが、顕光が御前の飾り物を取ろうと思い、手を伸ばしたところ、折敷《おしき》(=食器などを載せる四角いお盆)がガッシャーン。なんと折敷を壊してしまったのです。そこにいた全員から白い目で見られましたが、そんなことにも気づかないほどの酩酊状態だったのかもしれません。もう、この人にお酒飲ませちゃダメですよね。周囲の人間は、お酒の席できっといつもハラハラしていたことでしょう。この時も、紫式部は体が冷え切るくらいドン引きしたそうです。

道長から、一条天皇への贈り物は「葉二《はふた》つ」（「歯二つ」とも）という笛で、箱に入れて献上しました。


なんと、今のこの部分が『紫式部日記』の最後なのです。「えっ？　それで終わり⁉」感が満載ですよね。ものすごく尻切れトンボな感じがしませんか？　ですが、この場面で終わっています。

『紫式部日記』は、この敦良親王の五十日のお祝いのあった年（一〇一〇年）の夏頃に主に書かれて、この年中に完成されたと考えられています。

それぞれのその後

本書の最後に、それぞれがその後どうなったのかを簡単に紹介しておきます。

定子の兄伊周は、敦良の五十日のお祝いから約二週間後の二十八日に亡くなりました。このことにより、彰子が生んだ敦成親王が次の皇太子になることが決まったようなもので、道長が敦成を皇太子にする気満々なのは、誰もがわかることでした。一条天皇は愛する定子の形見、第一皇子である敦康親王を次の皇太子にしたいと望んでおり、その旨を行成に相談しましたが、行成は反対しました。後見がいない敦康が将来天皇になったとしても、うまくいかないであろうこと、敦成を皇太子にしたい道長と対立をすると、政変などが起こるかもしれず大変なことになる可能性が高いことを見越しての進言でした。それにより、一条天皇も敦康の立太子を断念しました。敦康を我が子のように心底かわいがっていた彰子は、道長を恨んだと言われています。

一〇一一年六月十三日に、一条天皇は病気のために三条天皇に譲位し、敦成が皇太子となり、九日後の二十二日、一条天皇は崩御しました。道長が敦成親王の摂政となるには、三条天皇に一日でも早く退位してもらわなければいけません。道長の次女妍子が三条天皇の中宮になりましたが、160ページでお伝えしたように、男皇子が生まれなかったからです。一〇一四年に、三条天皇は目の病気にかかり、視力をほぼ失います（「薬を飲んだ直後にそうなった」という説があります）。道長は、それをネタに何度も退位を迫ります。そんな中、宮中が二回も火事になり、心が折れた三条天皇は、娍子との間にできた第一皇子敦明《あつあきら》親王を皇太子にすることを条件に、敦成に譲位します。一〇一六年、敦成は後一条天皇として即位、道長は念願の摂政となりました。一〇一八年に、道長の三女威子が後一条天皇に入内し中宮となり、道長は前代未聞の「一家立三后」を成し遂げました。この時に、かの有名な和歌「**この世をばわが世とぞ思ふ望月の欠けたることも無しと思へば**」（訳 **この世を自分の世だと思う。満月が欠けていることがないように、私に不足しているものはないと思うから**）を詠んだのです。

紫式部の父為時は、一〇一一年に越後守に任命されました。この時、為時は既に六十代前半のはずです。現代で六十代は、まだまだ若く元気な方もたくさんいらっしゃいますが、当時だとかなりの高齢です。弟の惟規は、高齢の父を心配し、蔵人式部の丞を辞職し、父と一緒に越後に下ることにしました。ですが、その惟規が、道中で発病し、赴任先に到着後まもなく亡くなってしまいました。国守の任期は四年なのですが、為時は三年目に辞任をして京都に戻りました（理由は不明）。その後、一〇一六年に三井寺《みいでら》で出家しましたが、いつどこで亡くなったのかは伝わっていません。

さて、肝心な紫式部のその後です。一〇一三年、実資が彰子のもとに訪れた際に、紫式部が取り次ぎをしたことが『小右記《しょうゆうき》』（＝実資の日記）に書かれていることから、彰子のもとに仕え続けていることはわかっています（一条天皇が崩御したため、彰子ととも に既に宮中は去っているはずです）。また、一〇一九年、彰子のもとを訪れた実資に応対した女房が紫式部なのではないか、と言われています。この後には、まったく紫式部の名前が出てこないため、四十代半ば〜後半で亡くなったと考えられていますが、ハッキリしたことはわかっていません。また、一〇一九年に応対した女房は別人で、「為時が越後守を任期途中で辞任して帰京したのは、紫式部が亡くなったからだ」という説もあります。とどのつまりは、為時と同じく、いつどこで亡くなったのかは不明です。

生没年不詳で、たった三つの作品しか残されていないのですが、それでも、当時の主要貴族たちの人間関係や、摂関政治などの古文常識を踏まえて『紫式部日記』を読むと、「紫式部って、きっとこんな人だったんじゃないかなぁ」とぼや〜っと空想してしまいますし、その空想上の紫式部が自分に話しかけてきそうな、そんな感覚に陥ります。千年以上前の類まれなる女流作家「紫式部」は、『源氏物語』の作者としてとても有名ではありますが、それしか知られていない感も強いですよね。たしかに謎なことも多いのですが、『紫式部日記』はそんな紫式部の素顔に少しでも近づける貴重な作品なのです。

——アナタには、どんな紫式部が声をかけてきましたか？

【紫式部日記関連年表】

※紫式部の生年は973年と仮定し、年齢は現在と同じく満年齢表記とします。誕生日が不明な人物は、元日生まれと仮定して計算しています。また、年は西暦表記としますが、月は本書中や『紫式部日記』などの元号表記に合わせています。

年	年齢	紫式部の事柄	その他の事柄
973	0歳	誕生	
975	2歳	※曽祖父兼輔が造った寝殿造の邸宅に住んでいたと考えられる。	この頃、弟惟規誕生?
976	3歳		この頃までに?母亡くなる
977	4歳		定子誕生 父為時、東宮御読書始の副侍読を務める
980	7歳		6月　一条天皇誕生
984	11歳		花山天皇（15歳）即位

986	13歳		花山天皇（17歳）出家・退位／一条天皇（6歳）即位
988	15歳		彰子誕生
990	17歳		1月　定子（13歳）一条天皇（9歳）に入内
993	20歳		清少納言、定子のもとへ初出仕
994	21歳		この頃姉死亡か?
995	22歳		清少納言『枕草子』書き始める? 4月　道隆（42歳）死亡 5月　道兼（34歳）死亡 9月　宋の商人、若狭湾に漂着→越前に移す
996	23歳	父為時とともに越前に下向	1月　伊周・隆家、花山法皇襲撃 為時、越前守となり下向
998	25歳	父を残して帰京 宣孝（40代半ば?）と結婚	

年	年齢	紫式部の事柄	その他の事柄
999	26歳	※賢子出産	11月　彰子（11歳）一条天皇（19歳）に入内
		※999~1001?	11月　定子（22歳）敦康親王出産
1000	27歳		2月　定子（23歳）皇后、彰子（12歳）中宮に
1001	28歳		※1月　定子（24歳）崩御　※元号は前年12月
			清少納言、宮中を去る
			為時、越前から帰京
			4月　宣孝死亡
		『源氏物語』書き始める?	清少納言『枕草子』書き終える?
1003	30歳		為時、道長（37歳）より紫式部の出仕要請?
1005	32歳	※12月彰子のもとへ出仕 ※1004、1006年? 実家に戻りがちで 『源氏物語』執筆に専念?	

1007	34歳		8月 道長、金峯山へ参詣
1008	35歳	道長（42歳）から出産記録依頼？ 『紫式部日記』書き始める？ 道長と女郎花の和歌贈答 倫子から菊のきせ綿もらう 道長から紙・墨などもらう	4月 彰子（20歳）懐妊で里帰り 5月 媄子内親王（7歳）逝去 6月 彰子、宮中に戻る 7月 彰子、再び里帰り 9月 彰子、敦成親王出産 10月 一条天皇、道長邸に行幸 11月 敦成、五十日のお祝い 11月 彰子、一条天皇への冊子作り発案 11月 彰子、宮中に戻る 11月 五節始まる 12月 宮中で強盗事件
1009	36歳		6月 彰子（21歳）第二子懐妊で里帰り

年	年齢	紫式部の事柄	その他の事柄
			和泉式部、彰子のもとへ初出仕 11月 彰子、敦良親王出産 12月 彰子、宮中に戻る
1010	37歳	夏頃から『紫式部日記』をメインで書き始める 夏以降『紫式部日記』完成	1月 敦成（1歳）、敦良（0歳）戴餅 1月 敦良 五十日のお祝い 1月 伊周（36歳）死亡 2月 妍子（15歳）東宮（後の三条天皇）（34歳）に入内
1011	38歳		為時、越後守となり下向 惟規、父とともに下向するも越後で病死 6月 一条天皇（31歳）退位／三条天皇（35歳）即位／敦成（2歳）皇太子になる

			6月 一条天皇崩御
1013	40歳	彰子を訪れた実資に応対 この頃『紫式部集』編集か?	
1014	41歳	※この頃に死亡説もアリ	為時、越後守を辞職し帰京
1016	43歳		2月 敦成(7歳)即位し後一条天皇に 道長(50歳)摂政になる 4月 為時、三井寺で出家
1017	44歳		この頃から賢子、彰子に出仕か?
1018	45歳		3月 威子(18歳)後一条天皇(9歳)に入内
1019	46歳	彰子を訪れた実資に応対? ※いつどこで死亡したか不明	3月 道長(53歳)出家

[著者プロフィール]

岡本梨奈（おかもと・りな）

大阪府出身。リクルート運営のオンライン予備校「スタディサプリ」古文・漢文講師。同予備校にて高校・大学受験講座の古典のすべての講座を担当。著書に『眠れないほど面白い「枕草子」』『眠れないほど面白い「伊勢物語」』（以上、三笠書房）、『世界一楽しい！万葉集キャラ図鑑』（新星出版社）、『ざんねんな万葉集』（飛鳥新社）などがある。

参考文献

『紫式部日記　現代語訳付き』（紫式部 著、山本淳子 訳注／角川学芸出版）
『正訳　紫式部日記　本文対照』（紫式部 著、中野幸一 訳／勉誠社）
『紫式部　人と文学』（後藤幸良 著／勉誠社）
『紫式部　Century　Books　人と思想　174』（沢田正子 著／清水書院）
『紫式部　波乱に満ちておもしろい!ストーリーで楽しむ伝記6』（令丈ヒロ子 著、鈴木淳子 絵／岩崎書店）
『紫式部　『源氏物語』をかいた作家　よんでしらべて時代がわかる　ミネルヴァ日本歴史人物伝』（朧谷寿 監修、西本鶏介 文、青山友美 絵／ミネルヴァ書房）
『紫式部集　付　大弐三位集･藤原惟規集』（紫式部 著、南波浩 校注／岩波書店）

装丁・本文イラスト　大原沙弥香
装丁デザイン　大前浩之（オオマエデザイン）
帯写真　田中達晃（Pash）
本文デザイン　尾本卓弥（リベラル社）
DTP　ハタ・メディア工房
図版　田端昌良（ゲラーデ舎）
校正　合田真子
編集人　安永敏史（リベラル社）
営業　津村卓（リベラル社）
制作・営業コーディネーター　仲野進（リベラル社）
広報マネジメント　伊藤光恵（リベラル社）

編集部　中村彩・杉本礼央菜・木田秀和
営業部　澤順二・津田滋春・廣田修・青木ちはる・竹本健志・持丸孝・坂本鈴佳

リベラル新書 006

面白すぎて誰かに話したくなる　紫式部日記

2023年11月26日　初版発行
2024年1月6日　2版発行

著　者　岡本　梨奈
発行者　隅田　直樹
発行所　株式会社 リベラル社
〒460-0008　名古屋市中区栄3-7-9　新鏡栄ビル8F
TEL 052-261-9101　FAX 052-261-9134
http://liberalsya.com
発　売　株式会社 星雲社（共同出版社・流通責任出版社）
〒112-0005　東京都文京区水道1-3-30
TEL 03-3868-3275
印刷・製本所　株式会社 シナノパブリッシングプレス

 ISBN978-4-434-32998-2　C0221
　109001

リベラル新書の好評既刊　定価：900円＋税

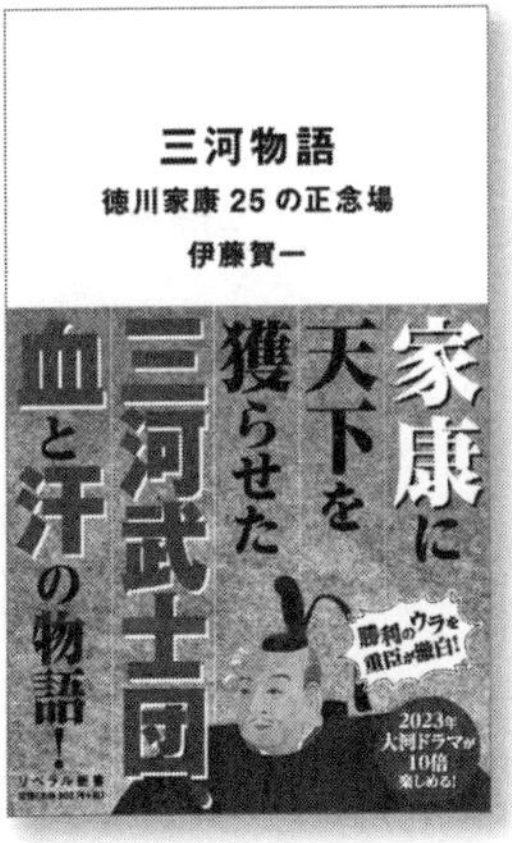

｜　リベラル新書004　｜

三河物語　徳川家康25の正念場

著者：伊藤賀一

家康研究の一級史料でたどる名場面と生涯！
そこに語られる天下人・家康の生涯は、試練とピンチの連続だった…！

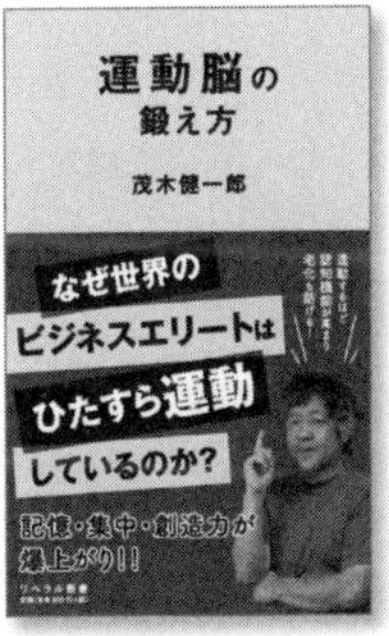

｜　リベラル新書005　｜

運動脳の鍛え方

著者：茂木健一郎

運動するだけで学力・集中力・記憶力・創造力などの脳の機能が大幅にアップ。
変革の時代を「運動脳」で乗り切れ。